流花

Ruka

女性川柳家伝

黒川孤遊

Kurokawa Koyu

飯塚書店

目次

流花　女性川柳家伝＊序文

木本　朱夏

川柳を志した者なら、いやしくも鶴彬の名前を知らぬものはあるまい。改憲論が叫ばれ憲法第9条が揺れる今こそ、鶴彬の名前も作品の幾つかも知っていて当然であろう。ならば問う。近藤十四子をあなたは知っているだろうか。

水水とひでりにあえぐ草の声
踏ん張った手足が錠の中にある
公然の秘密　人間　屠×業

大正十四年の治安維持法施行後、共産主義・社会主義への弾圧が強化した時代、労働運動に参加、逮捕され、拷問を受けた十代の少女の反戦川柳である。鶴彬を彷彿とさせるではないか。恥ずかしながら私は十四子を知らなかった。数々編まれている川柳アンソロジーにも紹介されたことはなかったのではないか。

船還れ母子の手足動く間に
内地みな桜満開みせたがり
だまされてきた戦争の疲れよう

番傘同人であった河村露村女の句である。「地球上に戦火が絶えた日があっただろうか」と孤遊さんは嘆く。露村女は銃後を守り立派に生き抜いた女たちの姿を、僅か十七音で鮮やかに描いてみせた。ロシアがウクライナに侵攻して三年目に突入した現在、露村女の訴えは読む人の胸を大きく揺さぶる。

颪みどりなんときれいな霊柩車
陣痛の呻きも知らぬ病葉よ
大声で泣くだけ泣けて目が見えず

孤遊さんは岡山県瀬戸内市にあるハンセン病療養所・長島愛生園へ作者の辻村みつ子（当時八十八歳）に逢いに行っている。元職が新聞記者だっただけにさすがに取材を疎かにはしない。

骸骨よりまだ人間で居たい慾
志士にされて荒野の下の白い骨
栄光の断頭台にゆきし父

「こういう人生もあるのか」と思わず孤遊さんは呟いたという。作者の戸川幽子の父は日露戦争でロシア軍に捕えられ処刑された。志士として父の銅像は生地盛岡に建つ。

ベッドの絶叫夜のブランコに乗る

子にあたふ乳房にあらず女なり

接吻のまま窒息がしてみたし

激しく放縦に性を、情念を詠んだ林ふじを。現代の川柳ではない。昭和三十年代、僅かに四年の川柳人生を駆け抜け、恋に生きたひとの絶叫である。

『流花　女性川柳家伝』連載のきっかけを孤遊さんは私信に次のように書く。

……熊本番傘を立ち上げる前に何か書きたくて福岡の楠の会柳誌「くすのき」（季刊）に明治の三女傑として下山岐陽子らを書いたのが始まりで、以来ざっと故人を中心に、四十数人を取り上げてきました。古い人は句集などの資料も少なく、幸いに季刊だったため、国会図書館や各地の川柳人に手紙や電話で協力をお願いして話を集めたり、元記者の嗅覚をいかしたりしました。女性川柳家の時代における足跡と句への姿勢、裏側にある人生を書いてきました。……

本書には三十九名の女性川柳家が採りあげられている。明治から現代まで三十五名が物故者であり、現在も活躍中の作家は一名。（三名は不明）

反核の署名簿がある花の寺
肉親を捜す中国語が刺さる

神戸市在住の島村美津子。現在九十三歳。
女性版鶴彬の顔を持ち川柳クレオ代表の美津子に敬意を表しての収録という。

世界経済フォーラム（ＷＥＦ）が二〇二三年六月に公表した「ジェンダーギャップ（男女格差）リポート」によれば、日本は一四六か国中、実に一二五位。過去最低である。男女平等、男女雇用機会均等法が施行されてもなお女性の地位はまだまだ低いことを孤遊さんは嘆く。社会の公器と言われる新聞社に永年在籍されただけに、孤遊さんは正義感にあふれ公平な眼で社会を見つめる。そして川柳界に於いては女性の活躍は男性を凌ぎ目を見張るものがあるという。

市井に生きて川柳という自己表現のツールを手にした女性たち一人一人の在りし日の姿を、孤遊さんのペンはくっきりと描いてみせた。綿密な調査、掘り下げた取材により、採りあげられた女流川柳家の素顔や意外な生い立ちを私たちは知ることになる。

黒川孤遊さんは一九三八年熊本市で誕生。一九六二年、産経新聞社に入社。無駄を省いた文章や表現、緻密な取材力はその頃に培われたものと思われる。

二〇一二年、叔母の介護のために帰熊。

二〇一四年に『現代川柳のバイブル1000』を上梓。現在四刷を重ねている。また「お茶の間川柳会」を設立。

二〇一七年には『川柳句集　熊本地震の記憶・復興編』を編纂。

二〇二〇年には第四八回熊本県芸術功労者として顕彰された。

病を得て先ごろ番傘川柳本社九州総局長を勇退されたが、正義派・孤遊さんの鋭い舌鋒は衰えることなく、社会に川柳界に波紋を広げることだろう。

ジェンダーギャップ・一二五位の今、『流花　女性川柳家伝』が世に出ることは真にタイムリーであり、川柳界にとって大きな収穫であり、喜びである。

流花　女性川柳家伝

黒川　孤遊

復員の夫を待つ「船還るまで」を詠んだ　河村露村女《かわむらろそんじょ》

地球上に戦火が絶えた日があっただろうか。男が銃を手に殺し殺された。多くの婦女子が戦火に巻き込まれて死にけがを負った。今も戦火の中にある国がある。我が国も第二次大戦の悲劇を体験した。

一九四五年八月十五日戦争は終わった。父や夫を戦地に送り出している婦女子の闘いはこの日から始まったともいえる。

夫の帰りを待つ心情と生活の闘いを綴った句文集「船還るまで」を「番傘」昭和二十三年（１９４８）五月号に発表した河村露村女（本名・夕子）もその一人であった。句文集は大きな反響を呼び、番傘川柳本社創立五十年を記念して川柳新書として出版された。

原稿は紙不足の時代、ざら紙に二百句と小文を綴ったもので、夫の帰国を待ちながら食糧不足の中で二人の子を育てた血涙記ともいえる。戦後の女の闘いを記録した歴史的資料として後世に残しておきたい一冊。平成九年に復刻版が出されたが、なぜか国会図書館にもない。序文で岸本水府は「その迫真力に絶賛を博した作品であります。そこには（中略）夫と二児への愛情の叫びがつづられています」と紹介している。

船還れ母子の手足動く間に
おなかすく遊びが好きな笑い声
内地みな桜満開みせたがり

「精神的飢餓が一番恐ろしい」「内地の生活も精いっぱいなのだ」と小文を添えている。昭和二十二年、露村女三十四歳、長女八歳、次女四歳だった。

まだよい部ヤミのおいもを食べながら
未復員釣竿もまた船おもう

「番傘」で岸本吟一は、
「留守宅を一心に守りその世界を一心に十七文字に綴り込んで船を待った。泣く人の作品こそが眞から人を泣かせ、よろこぶ人の作品こそが人を眞によろこばせる。これがあらゆる藝術を通じての真理である」

と最大限ともいえる賛辞を書いている。
また平川柳は「川柳における定型とは（中略）作者の深い《想い》独自の呼吸に適した内在律によって形成された韻律だと考える」と述べ露村女の作品がそれだとしている。

売った着物に出合わぬが仕合せな

食べるために着物を売る。

遊ぶ子を制し復員だより聞く
〈ＮＨＫラジオが復員者名を放送していた〉

いのちとは糧をきらさぬ上にこそ
供米の俵見下ろす梅の花
おこた無しの冬を平気の母子住む
留守番の母子が飢えて何不思議

「ながい間の戦争の疲れと言うか、生活の為の気くたびれか。（中略）復員が近いと思うだけで生きてゆく励みも…」とつづる。
露村女は田辺聖子の「道頓堀の雨に別れて以来なり」にも女流作家の草分けとして笹本

英子、薮内千代子らとたびたび登場する。彼女らを中心にした女性ばかりの小集団「いざよひ会」は昭和九年から平成九年まで続いた。

目礼をかわす程度で句会行く

「昭和九年、十年頃の世間では女の夜の外出に理解がなく」(昭和二十四年「番傘」三月号『川柳の道』)おずおずとした句会での心境を残している。そんな女が挑んだ闘いの記録が「船還るまで」である。

条件が揃い悔いなき飢餓に入る
灯を思い昔を思い主食待つ

「配給が二十四、五日も来ないものとは思えなかった。馬鹿な時代である」

父親のいた正月を覚えぬ子

「支那事変には内地勤務二年二か月、大東亜戦争で満四年ビルマ方面」

そしてやっとその日が――。

留守番の精一ぱいへ船還る

「二十二年の七月二十五日午後三時五分の復員列車に乗っていると分った」

生きて逢う親子四人の晩御飯

この句の後にこんな一文を残している。

「何年振りだからといって。そうはしゃぐ人ではない。むっつりと怒っている様に、その日の晩御飯はすんだ。じゃがいもの代用食であったせいもあろうが、子供たちもどう感じてかあまり食はすすまず〝お父ちゃん帰ったのでご飯があじない〟と言った位。私も後一週間位も胸がつかえた。大きな感動が自然食欲にも及んだのであろう」

亡くなったのは平成十九年四月。九十五歳だった。「故人が献体登録しておりましたので、すぐ大学病院にお預けし、身内だけで菩提寺に納髪しました」と長女から知人に知らせがあった。

「子供とともに必死に生きていく母としてのまごころだけが、むき出しに句に現れている」。柴田午朗の読後感を噛みしめておこう。
そのむきだしの母のこころを挙げておく。

友達の情の傘に三四人
そわそわと生きているのが悲しい日
国旗にも自由ができて三日の日
〈新憲法公布〉
生き甲斐を覚えるタンスの中の本
だまされてきた戦争の疲れよう
朝の母キビ粉の焼ける匂いから
子の図画も習字もいつか父の手に
死にまさるものを思うて生きる今
仕合せは生きて逢う日を恐く待つ
（「船還るまで」）

「男」で人間を詠んだ

山本《やまもと》　乱《らん》

喉ぼとけ一つ沈めておいた渦

「乱さんが亡くなっていた」―突然の知らせに息がつまった。体調をこわした夫のために朝五時からジュースを作る良妻であり、川柳では男を手玉にとるような句を通して人間を詠んだ山本乱。入院先の病院で容態が急変、夫の到着も待たず旅立って行った。

　川柳とのかかわりは短歌か俳句か悩んでいた昭和六十年（１９８５）ごろ出会った「現代川柳の観賞」（山村祐・坂本幸四郎　たいまつ社）に始まる。明治大正昭和の作家と作品を解説付きで紹介した本で「これが川柳ならやってみたい」（「川柳作家全集　山本乱」新葉館）と地元紙へ投句、選者の外山あきらを知る。

　そのころ弟が亡くなり、弟を詠んだ句を送ったが「ひとりよがり。第三者にはわからない」とまっ赤に朱を入れられた句が、あきらから返ってきた。

弟の死後を刻んでいる時計
泣いてすむなり一日を泣き通す

弟を詠んだ句と思われるのはこの二句。

川柳を始めてすぐ番傘誌友となりあちこちの吟社に投句、大会にも顔を出し多くの先輩に刺激を受けてきた。なかでも永年私淑してきた山本夏彦は「『人生は些事に満ち満ちている』『詩は難解になって読者を失った』など多くの言葉を残されている」(『川柳作家全集　山本乱』)。この言葉を温めながらやさしく深い句を、と闘ったのが乱だった。

多く登場するのが「男」である。代表句の

鍋をゆすって男を煮っころがしにする

を始め、

泥を吐かせたら男でなくなった
箸先で崩す男の論理など

骨のないオトコだ背ごしにもできぬ

男を手玉にとった句は数え挙げれば紙数をつぶしてしまう。「モデルは私みたいで、あちこちに棘が刺さって棘だらけ」と夫、文雄は笑う。

頼りない男と頼りなく暮らす

この句について乱ファンだった文雄の友人に「あなたのことですか」と聞かれたという。親しかった松永千秋は「男だけれども男＝人間として詠んだのでは」とみる。それにしてもインパクトはすごい。「歯に衣着せぬ、それでいてさっぱりしていた」（千秋）そのインパクトの強さが名付け親で番傘九州総局長も務めた、五郎丸去就に「乱」を選ばせたと思われる。

もう一つは厨房の句である。

うどん煮ている間もにじむ涙かよ
冷奴今日一日は潔白だ
死んだ人の話にたどり着く鍋よ

わたくしの狼煙を上げるフライパン

「現代川柳の精鋭たち」(北宋社)で荻原裕幸は次のように解説している。
――「わたくしの狼煙」とか「煮っころがし」とか、「みんな他人」という手に負えない感情の流露が、日常、厨という居場所を得て、読者との快い共有を可能にしているようだ――

家庭では夫を思う四歳上の姉さん女房だった。一時、胃癌と宣言された文雄のために、効果があるといわれた野菜ジュースを作り続けていた。平成二十五年の大牟田番傘川柳会例会報に「余命六カ月と告知された夫のために毎朝一リットルの野菜ジュースを作り続け今年の四月で四年になる」と書いている。「神さまに助けられた」文雄は癌に勝ち、乱が先立ってしまった。文雄の胸中は察するにあまりある。大会の前など句を文雄に見せて感想を聞いていたと話してくれた。

平成二十七年「体調をこわして」番傘を辞め、誰にも知らせず川柳から静かに去って行った。「認知も少しありました」(文雄)

平成二十一年十一月の福岡市民川柳大会で「漢字」の選者を務めたのが表立った活躍の最後だった。翌々年の同大会の帰りに地下鉄車内で言葉を交わしたが声がかぼそかった。

令和二年、家族に看取られることもなく、川柳の友人にも知らせず七十六年の生涯を入院先の病院で閉じた。文雄は車を運転中に携帯電話で知ったほどの急変だった。

寝返りを打ってこの世にまた戻る

若すぎた。自身で詠んだ句のように蘇って欲しい人である。

コンパクトの中の他愛もない焔
凛と咲くことも少々つらくなる
しくしくと鏡が泣いている月夜
死んだ人の鍋にたどりつく鍋よ

（「現代川柳の精鋭たち28人集」北宋社）

ひとりいて白昼の闇真の闇
晴れている傘が罪なら濡れたまま
もっと烈しく揺さぶってみる私の悪
白状を迫るトカゲの尾の方に
堕ちてゆく音の一つに身を委ね

（「山本　乱　川柳作家全集」新葉館）

被爆の悲惨さを詠んだ

森脇幽香里《もりわきゆかり》

生きて欲し頭上へ経本置いてやり

毎年八月六日。原爆ドームをバックに平和祈念式典が開かれ黙祷、平和宣言が「儀式」のように行われる。昭和二十年（１９４５）のこの日、その瞬間に森脇幽香里は広島駅で被爆した。広島番傘川柳会の創立に加わった一人でもある。

「道頓堀の雨に別れて以来なり」の中で田辺聖子は「広島の作家たちは、戦後何年たっても読み続けて倦まない」と原爆と川柳について書いている。その筆頭に立つのが広島の川柳界に大きな足跡を残した幽香里であろう。

この日午前八時十五分、乗っていた列車が広島駅に到着した時、原爆が炸裂した。

爆風で貨車から落ちた運で生き

奇跡的に命を取りとめた彼女はこの被爆体験をまとめ昭和三十年、わら半紙にガリ版刷りの川柳句集「捧げる」を出版。平成十七年（２００５）の全日本川柳広島大会で再版して配った。また広島川柳人の句を集めたガリ版刷りの合同句集「きのこ雲」も大会を機会に復刻。「捧げる」も「きのこ雲」も表紙は朱色。血に染まった民の怒りの色だろう。「きのこ雲」は朱の中に原爆ドームが描かれている。
「捧げる」で見つけた句、

血まみれの人に逃げ道教えられ
白骨に表情なきをましとする
ドーム横死骸をまたぎよけ歩き

「きのこ雲」には川上三太郎が序文を書いているほか石原青龍刀、定本広文らも句を寄せている。その中から何句かを。

死体皆我が娘にみえて起こしてみ　　斗山藤子
母さんと呼ぶまでわが子とは見えず　　馬場木公

黒焦げの死体へたっぷり水をやり　　柳内　勝

あの日が現実の世界となって現れる。

幽香里が川柳に入ったのは父、美彌坊が広島川柳会（後に「広島番傘川柳会」へ発展）の句会を開いていたことにあった。

句品を大切にし、人を見下げず、女性を軽視しない、文芸として恥ずかしくない物にしようとの思いを込め、十九歳で作句を始めた。昭和三年「番傘」へ投句を始め、昭和十七年には地元新聞の柳壇の選者となっている。また法務省の委嘱を受け篤志面接委員として広島刑務所で受刑者に川柳を教えるなど川柳の発展に力を注いだ。

日本貿易振興機構（ジェトロ）勤務の馬場徹（後に川柳を始め木公を名乗る）と結婚、スイス、豪州などを回った。米国へは二度も訪れ在米川柳社、日系福祉施設での川柳指導に当たり紀行文「あめりか川柳」を出版している。

昭和六十一年に帰国、その後の活躍は目を剥くほどである。

休んでいた広島女性川柳会の指導を再開。翌年は銀山川柳会の創立と会誌「川柳ぎんやま」を創刊。平成八年の年譜を見ると六つの川柳会にかかわり各誌の巻頭言を担当している。

戦後、世間が落ち着いてきたころ「幽香里は原爆で売っている」との心ない声が流れた時期もあったが、いっさい気にしなかった。川柳一筋の柱が彼女を貫いていた。
「人間が　人間を好きに　なるような　そんな人間を、私は、川柳に詠んでいきたい」(「きらく」平成元年六月号)

寝も寝たり喜寿まで二万八千夜
人の子も新芽も神の清らかさ
剥製になってもキジという気品

これらの句に幽香里の川柳感がある。
「ささやかではありますけれど、広島で原爆を受けた責任において川柳人としてその作品に人間の怒りや悲しみをこめ、ここに『きのこ雲』を世に贈って、平和へ鳴らす川柳の鐘とする次第であります」(「きのこ雲」巻末の『句集きのこ雲をおくる言葉』から)
傘寿を祝って建てられた句碑が広島県湯来町にある。平成十五年二月十一日に亡くなった。九十四歳。

涅槃までわき見道草して歩き

戦後ざっと八十年。ロシアがウクライナで核使用をほのめかし、イスラエルをめぐる戦火に多くの市民が犠牲となった。そして身近にあった「原爆を許すまじ」の歌が聞かれなくなったな、と思いながらこの項を書き上げた。

被爆者の手記へ被爆者目をおおい
夏草へ生きねばならぬ顔をあげ
（「捧げる」）

抱き合った花の頭に春の雪
見てくれる人が少ない枇杷の花
歩けないくらげへ干潟暮れかかり
（「さあおいで」）

補聴器をすれば雑音まで聞こえ
船便でごっそり日本の味が着き
童心はスイスも同じ凧を揚げ
（「昭和を生きて」）

流転、孤独そして川柳

西村《にしむら》　恕葉《じょよう》

つけ髪が落ちるから待ってよ愛撫

現代川柳作家を紹介した書籍の多くは西村恕葉を「十七歳で家出し札幌の旅の剣劇一座に……」と書いてある。旅の一座に入りその後結婚、子を育てたが嫁に疎まれ独り暮らしが続いた。流転、という言葉では語り尽くせない人生を、川柳に詠ったのが恕葉である。本名は文子。大正十三年（１９２４）二月二十三日生まれ。健在なら百歳に近い年齢だが、北海道の川柳作家に聞いても動向がわからない。

平成二十年ごろまで旭川市で一人住まい。デイサービスに通いながら、源流川柳社（解散）に所属、大会で選者を務めたりしていた。

恋に生きるとはちっぽけな男なり

男を見下したようなところは恕葉の句の特徴だ。そうせざるを得ないようにした定めのせいだろう。

札幌生まれ、四歳の時、両親が樺太に行くことになり祖母に預けられ、小学三年で両親のいる樺太へ。高等小学校を出た十五歳で働き手として飯場へ出され稼ぎのいいところを転々とさせられた。ここで函館川柳社へ投句していた人と知り合い、十六歳のころ川柳の道に入った。昭和三十一年には「きやり」の年間最優秀賞を受賞している。

十五、六歳の少女が親の都合で稼ぎのいい過酷な職場にやらされた。特技であった編物で靴下を編んで売る才覚で金を貯め札幌の祖母宅へ逃げ戻った。連れ戻しに来た父に従兄が百円（当時の公務員初任給七十五円）を渡して追い返したが「これで焼いて食おうと煮て食おうと勝手」と父は言ったという。まもなくして、そばの出前で仲良くなった旅の剣劇団に入った。

この劇団に十四歳の山田五十鈴がいたというから驚く（「思想の科学」1990年6月号川柳評論家、坂本幸四郎）。　結婚は十八歳。相手は五十三歳の劇団員。「恩を感じたから結婚した」。昭和二十一年に男児が誕生。子は一人だった。

女とは所詮かなしき添寝する

子といたいばかりに流転にいきた母

一座は数家族で構成される封建的座長制。

涙をかむ間に泣き顔しまわねば
数々を欺して古し牡丹刷毛
乳房ぶるぶるん好奇の眼の中で

息子は結婚。しかし嫁から別居を申し出られる。夫が原因というが「流転に生きた母」にはひどい仕打ちだった。

夕陽赤々別ればなしの中に落ち
白髪染めながらおんなを閉じていく

支えたのは川柳だった。昭和二十八年「きやり」同人となり三年後の年間賞へと続く。
恕葉という号は「親に似ない子を鬼子という。親を憎んでいたから自分を鬼子と思った。仏さまに鬼子の自分を恕《ゆる》してと思って恕葉と付けたんです」と。

返事するゆとりなどなく泣き崩れ
寝酒よし運が来ようと逃げようと
あっと言わせて齢の差へ嫁ぎ

「日本の名随筆別冊53」で川柳作家、北川弘子が恕葉について書いている。
——恕葉さんは酒豪であった。宴を重ね酒量を重ねるほどに、初対面の固さもとれて、口も軽く気持ちも打ち解けてくる。彼女は自分の身の上話に激してくると、急にべらんめえ調になって「てめえ」「おれ」威勢のいい言葉が飛び出してくる。私がびっくりすると（中略）「今日はこんなこと言ってはいけないんだ」といいながら、しばらくすると、また「てめえ」になり、さっと「わたし」になる。ひょっとしたらこの二面性が恕葉川柳の鍵ではあるまいか——

やくざ死す故郷の空の青も見ず

旅の一座は土地のやくざと無関係ではいられなかった。「てめえ」「おれ」の言葉も修羅場を踏んだためだろう。どこの生まれかもわからぬままに死んでいったアウトローの男もいた。「現代川柳の観賞」によれば一座は終戦の玉音放送を函館でばくちをしながら聞いていた。

平成二年五月「西村恕葉柳歴五十年記念大会」が開かれた。恕葉の詠んだ句である。

インク消しで消える過去なら丹念に

恕葉は最後まで「流転と孤独」の枕詞をはずせなかった。

泣きたい夜やっぱり月があってよし
断れと座を起つ妻の眼が指図

（「現代川柳の鑑賞」たいまつ社）

孤児一人加えて一座町を発ち
泣いて済まぬ事を他人は泣いてくれ
わが粥が煮えるひとりの静けさに
アハハァとこの男もずるし
昼風呂に誘いどっちも子を生まず

（「日本の名随筆別冊53」作品社）

ハンセン病と戦い詠んだ

辻村《つじむら》みつ子

ハンカチを振ってちぎれていった日よ

熊本地裁がハンセン病患者の訴えを認め、らい予防法が憲法に反するとして違憲の判決をしたのは平成十三年（２００１）五月だった。六月には衆参両院が謝罪決議、最高裁は平成二十八年四月にようやく謝罪を表明した。しかしハンセン病への差別感は拭い去られてはいない。

岡山県瀬戸内市虫明にある長島愛生園に辻村みつ子を訪ねたのは最高裁が謝罪を表明した翌年の十二月だった。瀬戸内の海に囲まれた島に国立としては最初のハンセン病療養所として長島愛生園が設立されたのは昭和五年。

八十八歳の米寿を迎えたみつ子は小高い丘の建物で待っていてくれた。全盲である。顔を私に向け見えぬ目でしっかりと見つめながら話し始めた。

たじろいだふりで女はたじろがず
風みどりなんときれいな霊柩車

岡山県文学選奨川柳の部で入選したのは、みつ子が川柳を始めて二年目の昭和五十五年、五十歳のときだった。

「うれしくて食事がのどを通らなかったのを覚えています」と表情を緩ませた。

愛生園に川柳の種をまいたのは「川柳ますかっと」を主宰していた大森風来子。昭和二十七年、七草会が創立され風来子が指導に当たってきた。「ハンセン病文学全集9」（皓星社）には七草会にいた歴代四十四人の作家の名前が並ぶ。その中でひときわ目を引くのがみつ子である。平成四年、句集「海鳴り」を出版。先の受賞作に加えて、

遥かなる人を海鳴り連れてくる
雪を待つあまりに闇が深いから
風は愛女の扉打ち続け

といった句を並べた。

みつ子が愛生園に入所したのは二十一歳。後に視力が落ちて小説から川柳に転じた伸三

と出会い結婚、夫婦で川柳を始めた。二人は時実新子や森中恵美子らの句をテープに吹き込んでもらい、句を聞きながら川柳を学んだのだという。全盲の川柳作家はいるけれどハンセン病で視力を失い音声で学んだその心情には打たれるものがある。

離島だった長島と本土を結ぶ長島大橋が架けられ「人間回復の橋」と呼ばれたのは昭和六十三年。

小島には孤島に似合う浪の音
海に囲まれ海を見ぬ日が続き

優生保護法で断種され子はできない二人。らい予防法が廃止されたのは平成八年だ。

陣痛の呻きも知らぬ病葉よ
掌へ男が置いたさくらんぼ

みつ子はもう川柳を作ってはいない、というけれど「川柳の話をするのは久しぶりです」と笑顔を見せた。そして「この前、五句ほど浮かんだのですが、書けないので」

どんな句でしょう?

「いいや、いいんです」と首を振って教えてはくれなかった。「川柳はいいですね。心の中にあるものを吐き出してくれます」と。そして「自分の気持ちを伝えることができます」

花色の日傘褪せても花色よ

五月はいいな　陽のあかり葉のそよぎ

大声で泣くだけ泣けて目が見えず

みつ子の叫びに聞こえる。

発表はしないけれど「川柳はやめられません」と言い切った。きっと心で詠んでいるのだろう。

看護師に支えられ見送りに出たみつ子に「すぐ卒寿です。お元気で」と声をかけて別れた。

川柳作家、田口麦彦は「ハンセン病文学全集9」で風来子の言葉を紹介している。

「事象を音と匂いを媒介として、自分の脳裏に受け止め、空間にあるすべてのものを理解しようと懸命に生きている」

自尊心薔薇より赤き血を持てり

みつ子が持っている気概の一句である。元気なら九十代半ばである。まだ心の中で川柳を読んでいるに違いない。近況を聞こうかと思ったがやめた。あの日のみつ子のままでいて欲しかったからだ。
以下、みつ子の句である。

揺れている手鏡罪に気がつかず
束の間の哀なら泣いて済むものを
髪を梳く悔いも縺れも解けるまで
冬だから咲き急ぐなよシクラメン
粥すする音は命か夫病む
五月はいいな　陽のあかり葉のそよぎ
眼をつむる空も青々海も青々
生きよ生きよと命へ注ぐブドウ糖

（「ハンセン病文学全集9」皓星社）

社会の偏見と差別の中で生きてきたハンセン病患者たちのうめきを、みつ子が詠んでくれた。川柳史に残すべき句ばかりだと思う。

特高の拷問に耐えた
近藤十四子《こんどうとしこ》

水水とひでりにあえぐ草の声

大正十四年（１９２５）の治安維持法施行、その三年後には特高（特別高等警察）が各県に置かれ共産主義、社会主義への弾圧が強化された。そのころ労働運動に加わり、捕えられ拷問を受け、それを川柳に詠った少女がいた。

踏ん張った手足が錠の中にある

など反戦反権力の句を詠んだ近藤十四子である。

本名・千葉（旧姓・近藤）富貴子。大正四年三月三十日東京生まれ。女学校を家庭の事情で退学。昭和四年、母親が通りすがりの男に殺され十四歳の時に一家離散――。

そのころの句だろう。

底の無い悩みを神に責め立てゝ
知ることの寂しさ今日も本を読み

鶴彬も投句していた「川柳人」に発表。

「カラクリを知らぬ軍歌で勇まし」などの句をつくり柳樽寺川柳会（井上剣花坊）に加わっていた元小学校教諭で陸軍技術将校の中島國夫に「全国一の最年少作家」と激賞され「近藤十四子」を名乗り、国夫の指導とマルクスの「経済学批判」の講義を受け「社会改革の大業に参加しよう」（「生い立ちの記」）と決意、非合法の労働運動に転じていった。

十七歳の時、労働組合のビラまきで治安維持法によって検挙され二十九日間の拘留。また同じ年には拷問死した共産党中央委員の労農祭に参加して逮捕され特高の拷問を受けた。「丸裸にされ、逆さにつるされ、両足をエイッと引っ張る」。幸い証拠不十分で釈放されたが、その心中は察するに余りある。

十五歳の時に詠んだ、

あえぎつゝたどり着けば断崖

虫ばまれながら咲かずに居れぬ花

将来を暗示したような句に見えてしまう。母の死、一家離散、生活苦。少女の〝あえぎ〟がのしかかってくる。平川柳は「捜乱女性川柳」の中で十四子は「四方絶壁の峰に囲まれた谷底で悶えている骨と皮だけの『生ける屍』だった」と、後年の彼女の言葉を書いている。「川柳人」に川柳を発表していたのは十四歳から数年。

沈黙の骸は過去を閉じこめて
淋しげにほゝえんでいる影法師
大浪の寄するを知らず砂上楼閣
破裂するまでボイラーは燃えつゞけ
公然の秘密　人間　屠×業
〈注・×は「殺」〉
水水とひでりにあえぐ草の声

現代なら中学生の少女の句である。人間性を無視した社会への叫び声は「沈黙の骸」「砂上楼閣」「草の声」と、十七音字を突き破らんばかりである。

「公然の秘密　人間　屠×業」は「手と足をもいだ丸太にしてかへし」（鶴彬）に匹敵する、

と言えば言い過ぎか。

十四子は二十歳で、婦人誌に就職、二十三歳の昭和十三年、東大新人会（戦前の学生運動の中核）幹事長の経歴を持つ千葉成夫（後に読売記者）と結婚、四女に恵まれた。

「生い立ちの記」は、娘たちに残した一〇二ページの手記である。富貴子の名による二句で閉じている。

このいのち天地の愛のひとしずく

七十路《ななそじ》の峠　はるけき野の眺め

「川柳人」主幹、佐藤岳俊は「自分一個の力はどんなに小さくとも、川柳で歴史的必然性ある社会変革への参加すること、と『生い立ちの記』で書き残している」と話す。

大石鶴子（剣花坊・信子の娘。1999年没）存命中は川柳界とのかかわりもあったが、その後は分からない。

ちなみに乳がんとの死に至るまでの闘いを書いた「死への準備『日記』」を残した千葉敦子は十四子の長女である。

軽々と五尺の玩具弄び

血みどろの手がアジビラ撒いていく
（「日本プロレタリア文学集40」新日本出版）

稲妻となって雲間を突っぱしる
底の無い悩みを神に責め立てて
（「紙に責め立てて」とした記録もある。（「井上信子　新興川柳ノート」）

溢れ出るものを抱いて坐す緑
街・街の交響楽に瞳の乱舞
雲低く垂れて大地の息づかい
落日も悠然たりドン行の旅
（「捘乱女性川柳」緑書房）

轟然と象牙の塔の崩れ落ち
冷ややかに心を背き出た言葉
殺すなら殺せ芝居は無用だ
血みどろの手がアジビラ撒いてゆく
（「プロレタリア文学5」森話社）

明治新川柳に名を刻んだ

奔放だった 下山岐陽子《しもやまきょうこ》
そして 阪井《さかい》素梅女《そばいじょ》 伊藤政女《いとうまさじょ》

狂句の時代から川柳の原点である「誹風柳多留」に回帰しようという明治新川柳の中心にいたのが「川柳中興の祖」といわれる阪井久良岐と井上剣花坊の二人である。

明治といえば男尊女卑の気風が強かった頃だが、すでに何人かの女性川柳家が男と渡り合っていた。剣花坊夫人信子が「川柳人２００号記念号」（昭和四年）に書いた「川柳と女性に就いて」から引用しておく。

「すべての文藝に女性は男性に押さえられてゐるが、柳壇に在っては、殊にそれが甚だしい。近頃吾が新興柳壇にも、女性の作家が殖えつゝあるのは真に頼母しく思はれる（中略）。明治三十七、八年に女流川柳家として先づスタートを切ったのは久良岐門下の下山京子、本庄幽蘭、竹内政女（筆者注・竹内は旧姓）の三女史と、久良岐夫人素梅女氏等であった。下山本庄竹内の三氏こそ、その時代のモダンとして噂の種にされた人々だったが（中略）惜しいことに僅かな吟詠を残し、何時の間にかその姿を消してしまわれた。

一時潜めたこの三女史の行方は、幾年かの後に下山京子氏は一時築地で鳴らした一葉茶屋の女将、本庄幽蘭氏は今もなほ東京に在る事を、最近聞いた。竹内政女氏は文士伊藤銀月氏と結婚されたが、まもなく破鏡の不運にあわれた由聞いた」

幽蘭のその後は不明。川上三太郎の「川柳２００年」（読売新聞社）には女性作家として文子、時子、倭文子、はる子らの名前と句が出ているが詳しくは解らない。

ここでは信子が挙げた三人について触れておく。それぞれ生年没年が不明なのも明治ならではか。

◇

下山京子は岐陽子が雅号。明治二十二年（１８８９）生まれ（一説には二十四年とも）十六歳のとき母から芸事の一つとし川柳を勧められ久良岐に師事。すぐに天性のものを表し「川柳に天才を有する禾」と久良岐を驚かせた。

誰が罪ぞ翼一つに森暮るる
黒き血の毒蛇となって纏わはるゝ
バイブルに文と菫を忍ばせて

松尾理也大阪芸術大学教授の論文「化け込み記者下山京子再考―初期『大阪時事新報』の紙面から」（京大大学院教育研究科紀要第66号）によれば、まもなく久良岐に毎日電報川柳欄選者を任された。維新の気風があった時代で十代、しかも女性の選者は大抜擢だった。
しかし二年にして大阪へ。縁あって大阪時事新報社に全国で十人といなかった婦人記者として入社。読者の目を引く企画として京子による連載「婦人行商日記　中京《なごや》の家庭」がスタート。小間物行商の女に「化けて」県知事、貴族院議員、弁護士宅など訪問。家族や夫人の応対ぶりを遠慮のない筆遣いの記事で人気連載となった。その後、東京の時事新報に転勤、二十四、五歳で退社している
残された写真は洋装。負けん気の強そうな顔。時代の先端を行った女に見える。自伝的小説「一葉《ひとは》草紙」（女の私語り。売れ線を狙った著作＝松尾）を残しているがパトロンの存在を〇〇として挙げているのも京子ならでは。帰京後は職を転々。築地の一葉茶屋女将にもなったが長続きはせず女優に。新劇の父小山内薫は「声が大きいという印象以外何もないと酷評」（松尾）。京子のその後はわからいままである。「一葉《ひとは》草紙」の表紙裏に、

ゆく水に身をまかせたる一葉かな

一句だけをぽんと載せている。川柳作家から婦人記者、料亭の女将、女優と異色の道を

たどった自分史を詠んだと思われる。
川柳作家岐陽子の句を挙げておく。

ぼう〳〵と毛のショールから人の首
い丶女玄関先で待たされる
夏座敷当座は心落付かず
坊ちゃんの留守ラケットが笊になり
金屏風エデンの夢のひそむらし
細い雨断頭台へ啼く鴉
白扇をサッと開いて首は落ち

久良岐門下の川柳作家として活躍した時間は少なかったが残された句は、その時代の先端」を走った人ならではの斬新な匂いがする。

◇

阪井素梅女は俳人伊藤荘翁の長女で本名は琴子。東京女学校（現お茶の水附属女子高）の一期生。生花師範。三男四女の子育てをしながら久良岐を助けた。選者も務める一方、主婦らしい家庭句を多く残しているが、大正以降は昭和二十七年に没するまで川柳界で活躍は見られなかった。彼女は生年が不明。

竿竹屋竹らしい声で売り
炊き損ね二日がゝりで鶏が食ひ
俄雨帯を包むが女なり
茶番では御台所が幕を引き
炬燵をばお膳に換える長野県
銅像は子守の議長らしく見え
美しく化けて公達迷わせる

◇

伊藤政女。旧姓は竹内まさ子。明治十五年生まれで作家、伊藤銀月と結婚。銀月と共著の「当世一百人」や「桜の月影」などの小説も出版している。岐陽子、素梅女と久良岐社の社中（同人）となり機関誌に「柳水滸傳」など筆を揮い、歯切れのいい句で女傑の名をほしいままにしたが、銀月と離婚後に川柳界から姿を消した。没年は不明。

キウピット矢の払底に度々困り

文章で見ると流るゝ如くなり

銀月と結婚の日二句

深々と更けてアレ〳〵波の上

死ぬ迄も離れともない此お膝

新詩人森の佳人らしくなり

二人にはつげずわたしは死にました

其罪を女殺しと申しヤス

九紋竜やゝともすれば肌をぬぎ

（掲載句は「川柳人200号記念」、「撩乱女性川柳」緑書房、「近・現代川柳アンソロジー」新葉館出版より）

夫婦作家の草分け

榎田柳葉女《えのきだりゅうようじょ》

明治とは女にきびし座りだこ

夫婦そろって川柳作家。今日でこそ珍しくもないが大正から昭和初期のころはきわめて少なかった。芸者をして家計を助け、はては駆け落ち。浪費家だった夫を支え続けたのが明治の女、榎田柳葉女である。

ＪＲ静岡駅近くの常盤公園を訪ねると榎田竹林、柳葉女夫婦の句碑が立っている。平成の初めまで登呂遺跡の一角にあったが、公園整備を機会に移されたという。

竹林の句は筆太で、

月とゐる窓のひと時真人間

その下に柳葉女の句がかな文字で細く、

おもいでのいつでもそばにうちのひと

おしどり川柳作家らしい句ではないか。明治三十二年（１８９８）の生まれ。父は指物師で旅から旅で送金もせず、年に十日ほど帰ってくるだけの苦しい生活。母は銭湯を営み彼女は看板借（置屋が七分を取る）の芸者をして生活を支えていた。

番台へ時計を頼む絹づくし
よく似てる顔で売れる妓売れない妓

夫婦の句集「日月」（静岡川柳社六十周年記念　静岡川柳社）には夫婦に加えて長男、孝坊（本名不詳）の句も載っている。孝坊は昭和十年代に作句していたが同二十一年に亡くなっている。

句集にある柳葉女の写真を見ると細面。すらりとした美人だったことがわかる。

読書好きで読者文芸を読みあさっていた。育英資金で中学に進学した弟が「清盛の医者は裸で脈を取り」などの古川柳を学び、それを聞いて川柳への興味を持つようになった。自宅で弟、海童子（本名不詳）と句会を開くようになり二人で川柳句報「しづはた」を大正八年に出して会員が増え、その中に榎田竹林（当時は珍竹林）がいたのである。

竹林も柳葉女と同じ静岡市寺町四丁目（現・葵区内）。竹林は妾腹の子で中学生になって本宅に引き取られた。複雑な家庭環境だった。

竹林とは川柳を通じて意気投合。ところが三カ月ほどで竹林が専売公社へ就職して上京、身の回りの物だけをもって竹林の元へ走った。駆け落ちである。関東大震災の三年前だった。

湯呑だけ九谷が揃う二階借り

関東大震災で静岡へ帰った竹林は、本家の兄が病で再起不能となり跡目を継ぐことになって正式の夫婦となった。

雑貨屋を始めたところ好調でなかなかの売り上げ。静岡川柳社を創立するなど、川柳へも本腰が入ってきた。榎田夫婦の生活を知る人はもう皆無である。「竹林先生が浪費家で柳葉女先生はご苦労なさったらしい」という話はベテラン作家には伝わっている。

全国を沸かせた中等野球大会（現高校野球大会）で中京商対明石中の延長25回戦があっ

た昭和八年八月十九日に静岡の一流料亭に東西の川柳家を集め全国大会を開いた。野球に気を取られて句会がしばしば中断したという。

竹林は参加者約七十人全員にそろいの浴衣を配った。写真が残っているが壮観である。これを機会に関西の柳壇との交流も増えたようだが、柳葉女は、

若鮎は見ただけにして目刺し買う
仕合せであるとわが身に云いきかせ
面談にこじつけたけどまだ貸さず

やりくりには苦労があったようだ。

昭和四十九年、竹林が逝去。柳葉女が静岡川柳社主幹を引き継いだ。

柳葉女の姿勢は竹林の遺訓である、

「五と七音の羅列構成は日本人の心に適したもので、日本国が消滅しない限りこの美しい五七五の川柳と言う短詩文芸を護り抜かなければなりません。開発とか革新とか造語に幻惑され国土を文芸を無分別に破壊する暴挙は吾が川柳の道にも許されません」(「日月」)

異なる句風を持つ人には「他のところへ行きなさい」と言ってはばからなかった。

曲げない川柳観といい、内助の功といい、根太い明治女の性根があった。

句集「鋟」を昭和四十八年に出版。六十二年五月二十二日没。八十五歳だった。

ガスランプ金に似ている物を売り
エプロンを汚しただけの都染
線香の匂い侘しき灸の部屋
子の時計止まらずにあり通夜となる
風呂敷となった日の丸寂しかろ
その愚痴の中に生活友誇る
無事であれかしと家計簿一頁
試供品だけで胃病また治り
湯上りのビール家賃のこと忘れ
富士晴れて今日は心にないくもり
（「日月」「鋟」）

松陰につながる

吉《よし》田《だ》　茂《しげ》子《こ》

一度乗り一度降りる丈の人世

維新の志士たちに大きな影響を与えた人物、といえば吉田松陰であろう。

山口県萩市の松陰神社のご神体は愛用の赤間硯と遺言で残された父叔父に宛てた文書である。一角にある松下村塾は明治日本の産業革命遺産として1995年世界遺産に指定されている。

松陰から数えて三代目の吉田家当主、庫三は松陰の妹の子で吉田家を継いだ。その夫人が明治から大正にかけて開かれていた井上信子らの「川柳女性の会」のメンバー、吉田茂子（旧姓杉山）である。『蒼空の人・井上信子』（谷口絹江　葉文館）の中に登場する。

茂子は明治八年（1875）萩市の生まれ。どういう縁で吉田家に嫁いだかはわからないが、松陰神社から西へ二キロの松崎町にある吉田家の菩提寺、泉福寺には数年前まで吉田家家系図と血縁者の写真が飾ってあった。庫三のそばに面長の茂子の写真があった。庫三の死後、茂子は松陰肖像画や手紙など市と寺に寄付している

茂子らしい句を紹介しておく。

夕顔の白さに闇が断ち切られ
ぢっと見る目路に仏陀の笑みがある

「夕顔の白さ」は阿弥陀如来を連想させる（平川柳）。そして二句目は「目で見渡せるその奥に弥陀がいらっしゃる」という浄土真宗本願寺派の信者であった茂子の信仰心が詠われている。

松陰に関わる話をいま一つ。それは徳富蘇峰への手紙が残っていたことからわかった。松陰が密航を企てる前に訪れた鎌倉の瑞泉寺に、蘇峰の尽力で碑が建てられたことへの礼状である。「謹みて申上候」の文字は流麗と聞いている。

「蒼空の人」によれば萩の小学校時代に井上剣花坊の代講を受けたとある。山口県女子師範学校卒業後上京、縁あって柳樽寺川柳会に招かれたのが川柳との出会いだった。剣花坊・信子夫婦との縁が萩の小学校時代に生まれていた、と見るのは穿ち過ぎか。

持てるもの皆奪われて冬木立
水の如く一つの道を抱いていく
つくねんと音なき部屋に背く春
ひざまづき隅にも月にも掌を合わせ

「道を抱いて」「掌を合わせ」は信仰の姿勢だろうか。

「川柳女性の会」の投句宛先は茂子宅。会は茂子の実弟（陸軍士官）宅で開かれていたが、彼女は裏方に徹し、従順と慎みという当時の女性の美徳を守り、何度頼まれても選者を辞退し続けた（「蒼空の人」）。しかしB6判ほどの「昭和新興川柳　自選句集」（昭和五年　白石維想楼編）には全国、満州から百二十五人が参加しているが、女性は信子、（大石）鶴子、岩崎ます子、林しづ子、茂子の六人。当時の先端を行く女性作家であった。

茂子は、

鏡から今日の素直を教えられ
疑わず怖れず小鳥餌をあさり
目に見えぬ糸に引かれて跪く
寂光のかげに静かに生きる我

一切の仕切りをとれば闇もなく
うつむけば泣いてやりたいものばかり
一度乗り一度降りる丈の人世
乗れば彼岸へピタリ横づけ

など七十句を自選。気を吐いている。

信子は「女性の会」を「か弱い」と表現しているが、昭和初期という時代背景から考えると、女性の限界を「か弱い」と言ったのだと思う。

平塚らいてうが女性自立の結社、青鞜社を立ち上げて自宅に投石された騒ぎがあってから、まだ二十年弱。信子らの気概とは一歩離れたところに茂子の「つつしみ」があった。

女性の会が「女」や「プロレタリア川柳」を意識し始めたころから茂子は川柳から離れていった。しかし信子との交流は戦後まで続いた。

信子は「川柳人」の中で茂子に触れている。

「どっしりとした詩態を見せて居られる。人間愛に富んだ深い信仰があるだけ、その詩想も精神的閃きがあるものが多い」

茂子が自分と対峙した句を挙げると、

ゆれ動く秤の上に立つこころ
素裸になって心が抱き合ひ
一つぬぎ一つぬぎ人間らしく

「女性の美徳」に真正面から向き合っていたのだ。なにかほっとする句である。夫にも子にも先立たれ戦後は東京・原宿の弟宅に身を寄せ川柳、和歌、万葉集のそれぞれの友人を集めてにぎやかに過ごした（茂子の姪、節子）。晩年の写真は和服でソファーに腰を下ろしゆったりとした表情である。

昭和三十九年九月二十二日、九十歳で亡くなった。

何かと対峙したような茂子の句を読んでみたい。

誇るもの持たぬかはりに悔もなし
辿り来し道はそのまゝ歩むだけ
世のあらし吹くも動かじ胸の塔
ぬかるみを踏みかためつゝ今日もゆく
美しい花から先に水をやり
四方皆鏡をはった部屋にすみ

逞しい腕の手錠にせまる闇
髪さへも素直にとけてくれぬ朝
踏めば砂屑るゝ土手に疲れきり
一切を只合唱に封じ込め
こっそりと世間を覗く蝸牛
（「昭和新興川柳　自選句集」）

人間的な恋愛詩を詠んだ

三笠《みかさ》しづ子

拭わるる涙をもって逢いに行く

丸髷の美人を表紙にした井上剣花坊編「三笠しづ子（丸山貞子）川柳句集」がある。しづ子が五十歳で亡くなってわずか三十八日後の昭和七年（１９３２）十一月三十日に発刊された。丸髪の美人はしづ子本人。剣花坊が「序」を寄せている。

明治初期に活躍した伊藤政女、下山岐陽子らが姿を消し、川柳界を去らないと思われていた吉田茂子らも去っていったいま、新興川柳の明星であるしづ子が消えていくことは悲しすぎると、序文に綴っている。

弁護士、丸山長渡夫人で本名、貞子。大正十二年の関東大震災後、島田雅楽王に連れられて渋谷の親族宅に避難していた剣花坊を訪ねた。そこで信子も加えて四人で袋廻し(注)をしたのである。題は「猫」「人形」。しづ子の句が残っている。

ほっそりと障子にうつる猫の伸び
これ以上人形らしくなり切れず

こうして柳樽寺川柳会に参加、本格的に川柳の道に入った。四十二歳であった。翌年、田中五呂八の新興川柳の沈鐘会会員にもなり数少ない女性作家として活躍したが、川柳人としてはわずか八年の生涯だった。

剣花坊が序で「その美しい風貌は、自づから其人らしい、美しい句を生み出すに相違ない」と初対面の印象を綴り「女史は飽くまで東洋婦人型であり芸術至上主義者であった」と書いている。けれども、しづ子の句は女の内面と社会的自立志向の視点を詠ったものが多い。ある雑誌の懸賞で優勝した句がある。

一輪の花にも精のふるえあり

坂本幸四郎は「花鋏で花の茎を切ったとき、花が一瞬、ふるえる。そのようにふるえる女心の緊張が美しい。予期しないときに花唇を盗まれたのだろうか。濃艶のきわみである」（「現代川柳の観賞」）と、しづ子の句の象徴として挙げている。

今日のみに囚われたさに化粧する

不貞の匂いが少しする。法律で不貞が罪として罰せられた時代である。東洋的美人の挑戦だったのか。

一杯のお茶の色にも出る心

子はいなかったようで、そのお茶に秘めている心が色に出てしまう。森閑とした夫婦二人の静けさだだろう。

この邊が心と思ふ胸を抱き
話されぬことを寝てから思ひつめ
珍しく結ふ日本髪若く見せ

五呂八は前記の三句をあげ「悪魔的な批判と、無常観的な自然詩と、余りに人間的な恋愛詩から出来上がっている。恋に恋しているのではないか」と評している。

歌人であり医師だった実弟、松岡貞總は、しづ子から「私の句が載っているから」と一冊の句集を渡された。初めは物好きな心で読んでいたが、全く愕かされてしまった、というくつかの句を挙げ改めた川柳観を句集で述べている。

大空にそむききれない水の色
捻じ曲げたものにも強い意地を見る
道端の石の小さい影を見る
人形の筋一つない顔に飽き
美しい言葉をもって言ひ消され
灯にめぐり逢ふ偶然に死ぬる虫

「一句一句は實に深い人生を示現し、その底には立派な哲学すら蔵してゐるではないか」と川柳を古い趣味の象徴としてしか見なかったことを自省している。
「人形」の句は、

またたきのない人形に見詰められ

それに先に紹介した、

これ以上人形らしくなり切れず

がある。明治四十四年島村抱月によって和訳されたイプセンの「人形の家」を思い起こさせる。

先の「川柳句集」と五呂八編著の「新興川柳句集」から、いくつかの句を鑑賞してみよう。

神経の走る通りな聲が出る

代表作とも言われ「神経」は当時の愛用語で〈心象風景〉を表現、といわれている。

さんらんと輝く指に爪が伸び

感受性の豊かさと女の緊張を感じる。

唇の赤さを今日も守り切り

「恋に恋」（五呂八）したのかも知れないが、川柳という文学の世界で恋を飛翔させている。

「大正川柳」大正十四年一月号に、しづ子は一文を寄せている。
「俳句には昔も今も大分女流が見えますが（中略）私は一人でも多くの婦人の方に私達の行きつゝある川柳を見て戴きたいと願っております」（「川柳の群像」東野大八編）
現代の女流作家の幾人かが、この願いを聞き届けてくれていることは確かだろう。
昭和十二年の日華事変から第二次大戦へ突っ走る少し前、厳しい言論統制の隙間にしづ子の「花」は開いたのだと思える。

何になれとてこねられている土か
ほほえんだ前に一重の垣を置き
ちゃんとして待つ日は誰も来やしない
床しさに胸の扉がそっとあき
取り巻いたどの眼も底の知れない眼
拭わるゝ涙をもって逢ひに行く

（「新興川柳詩集」田中五呂八編著）

（注）題を書いた袋に即吟で句を入れて順に右の人へ廻し。清書して回覧、採点する。

北の大地に生きた「農の女《ひと》」

西岡加代子《にしおかかよこ》

農に生き客土の顔も春を待つ

「川柳遺句集　無限乃愛　西岡加代子」は古書店で手に入れてからざっと一年、本棚にあった。「遺句集」が気になって購入したのだが一読して北海道開拓に生きた「農の女」の句集とわかった。関係者を捜して句集の住所に連絡を取っても返事はなく、三人の子息の住所も不明。著者を知る人もなく北海道の柳人からも不明の返事。資料が何一つ見つからず「西岡加代子」の存在を証拠立てるものがなくペンを取るのを躊躇させていた。

思いついて著者が住んでいた北海道美唄市に何か資料はないかと調べてみると「美唄市史」の128ページに夫、西岡外次郎の名前を見つけた。

――昭和十四年四月、天塩拓殖実習所第1回修了生、西岡外次郎ほか9名が光珠内原野（光珠内町拓北）に入植し泥炭地を開拓――。句集の加代子小歴にも「昭和14年結婚、5

月美唄市光珠内拓北に入植」とある。

土くささ着流し夫へ一目惚れ

石狩平野のほぼ中央に美唄市はある。明治二十五年屯[注1]田兵が入植、泥[注2]炭地の開拓が始まった。昭和十四年（1939）、加代子（本名・カヨ子）が外次郎と結婚してすぐ入植した光珠内町拓北も泥炭の未開地で土との戦いに明け暮れる歳月が待っていた。

「無限乃愛」は昭和六十一年一月、加代子が悪化した関節リウマチから来た心臓狭心症で亡くなってすぐに、外次郎と子息三人によって編集され、その年の十二月に出版された。夫と子息の加代子への「無限乃愛」がこの句集を誕生させた。残された1600余句から四人で選句、それぞれの一文が添えられている。

一生をドラマにしたい農の道

開拓に汗してやっと家族と落ち着いた日々を送れるようになりながら、病魔に苦しんだ「闘いの記」ともいうべき句集でもある。

束ね髪吹けよ北風甘えずに

川柳を始めたのは生活が落ち着き夫婦で台湾、英国と海外旅行を楽しんだりした昭和五十年ごろ。五十三年に北海道新聞に開拓の苦労、楽しみ、家族愛などを詠んだ句を投句、やがて北海道川柳会に入会「道産子」に発表するようになった。

開拓は「苦難のドラマ」だった。(註3)客土を入れ作物を植え付けても隔年に襲ってくる融雪による水害と冷害。

冠水の畦に苦の道横たわり
農に生き客土の顔も春を待つ
水たまり汚点の中に愚を産める

この句集をひもといていくと「結婚早々の入植地が五月水害で全作物が冠水した時は二人で抱き合って泣いたね」「恐ろしい野火や度々の水害に悩まされ悪戦苦闘」(「亡き妻に贈る」外次郎)というシーンに出合う。

野良猫のシバレに耐えてすがる眼よ

雑草の中で百合の緋燃えて咲き

これは加代子自身の姿ではなかったか。泥炭との闘いも峠を越えたと詠ったのだろうか。次男、實の一文がある。

「子供の頃の母は、小さな身体で、朝早くから夜おそくまで働き、大きな声で陽気に笑い、三人の兄弟を怒鳴っていた姿です」

「一番記憶に残っているのは、台風十五号、洞爺丸が沈没したあの台風の時でした。我が家は台風に耐えられないからと脱出、安全な場所はなく、松の根が風で動く中で母は、大丈夫だから寝なさいと膝枕をしてくれたのを忘れません」

強い母であった。

マスクかけ今日は美人に見える顔
一年の苦楽をしばし満たす酒

「その後、畑作、酪農と変わり父母の苦労も実り生活も安定した」（長男、幸秀）。町の姿も変わった。

子供達も独立、孫たちに囲まれる「幸せ」もあった。

隙のある嫁に甘えて今日の幸
添い寝する孫がコロコロはしゃぎだし
チビッ子の賀状はみ出しおばあちゃん
ランドセル背ないっぱいにはずませて
舗装路をふみしめ昔なつかしむ
新築に犬も尾を振る隠居部屋

その「笑顔」を襲ったのが五十歳近くなっての関節リウマチだった。川柳を続けたものの、病状は悪化。四か月入院して冷凍療養。ついには札幌の病院で人工関節を入れた。

病む窓に突立つ夫の後姿
リハビリーきしみ背中で聞き分ける

そして生涯を振り返ったのか、

もくもくと働きバチによぎる風
水道の雫に女生きる道

二十一歳で結婚、六十八歳で旅立った「農の女」だった。
加代子の遺句を書き加えておく。

手も足も泥んこ田植えの歯が白い
世直しの節目節目をよじ登り
まな板の刻み一句を拾う幸
一徹の夫企みなど知らず
リューマチもなぜか知ってる秋の風
不足ないくらし病が吹き抜ける
言葉なき病む身にしみる掌の温み
冷夏抱く青田の畦につく吐息
いたわりの言葉を捜す目のやり場

（「無限の愛」）

（注1）平時は北海道の開拓に従事、事あれば銃を持つ制度で士族救済の一面もあった。
（注2）植物が枯死、部分的に分解した土塊状のもの。水位が高く農作には不向きの地。
（注3）泥炭地改良のため土を運び入れること。

変身願望を川柳に託した

宮川《みやがわ》　蓮子《れんこ》

枕絵炙る—どこからともなくジャズ

「自分の血液の中にほとばしっている旋律が五七五の川柳として表現されたのである」新潟の川柳作家、宮川蓮子の句集「れんこ」の序に蓮子の師だった大野風柳はこう書いている。風柳は「柳都川柳社」創設者で、前全日本川柳協会理事長として知られている作家。話を聞くと「上品で美人。謙虚で才能をひけらかすこともない。本物のおとなだった」そして「一歩下がってしまうような、近寄りがたい女性でもあった」と語った。

句集を繰っていくと、書も学んでいた蓮子の筆による、

いま百花繚乱いまを狂わねば

が第三章「変身願望」の章のタイトルのように使われているのに出会う。蓮子の川柳を語るとき外せない柱の句のように見える。

昭和七年(1932)新潟生まれ。幼年期より多発性慢性関節リウマチと闘った生涯だった。多い時は五十から六十か所で激痛が走ったという。「死の医学を考える会」の会長を務めたことからも病魔と向き合った姿勢がわかる。

旧姓は會津。夫は内科医で由紀夫。父は歌人であり俳人、美術史家として知られた會津八一の従弟だった。

「長身でスマート、そして美人で、ふくよかな胸を少々のぞかせていた。新潟にもこんな育ちの違った人がいたのかと、正直驚いた」

風柳の初対面の印象である。

句集は六章に分かれているが、内面にあるものをさらけ出しているのはやはり「変身願望」の章だろう。

現身よ魚開くも花摘むも
胸抱けばまたひょうひょうと海鳴りす
よもや女を裏切るとは伏せ字
サングラスの裏で真紅のバラを犯す

春画の灯浮きつかつ沈み　菜の花よ
あぶな絵の一枚耳の裏に貼る

そして「いま百花繚乱――」の墨書の句。
豊かな感覚と色彩は会津八一のＤＮＡが蓮子の川柳に流れていたと見るのは自然だろう。

「川柳マガジン」２０１１年８月号で蓮子の作品が取り上げられ川瀬進皓、村上氷筆、江崎紫峰らが合評している。評者名は伏せるが見方がこうも違うのかと改めて思った。
「現身の」の句についてＡ氏は「現身はゲンシンと読む。この世に生きている姿である。その私が魚を切り開いたり、花を摘んだりしている。こんなことをしていていいのだろうか。自省の句と読みたい」。またＢ氏は「作者は病魔に闘いながら活躍していると聞いた。魚を捌き花を手折るなどの殺生をしてしまうのは、病魔に冒されているとしても、この世に生きているからだろう。健常者と異なる無常観があるからだろうか」

そして「胸だけば」の句にＣ氏は「女性の強さと優しさを感じる。愛しい男性を胸に抱けば、激しい胸の高鳴りが聞こえてくる。油の乗り切った絶頂期の作品と思われる」。Ｄ氏は「ひょうひょうは風が吹く音で擬音語。自分の身体が『海』であるという意識がある。自らの海を両手に抱くとひょうひょうと海鳴りがする。作者の孤独感がにじむ」

蓮子はあとがきで「ありのままがいいと思う。非日常もいいと思う」と書いているが、「ありのまま」と「非日常」を十七音字の中に、さらりと飾り気もなく詠い、それでいて読む者を引き付ける磁力は天性のものと言える。評者が感じた蓮子の磁力はそれぞれに違った磁場を持って見えたのかも知れない。

そして「この私のなかのアンビバランス。そのうえ、色とりどりの人格を重ねた空間に身を漂わせているわたしの川柳をもってしても・・」と続けている。アンビバランスを和訳すれば「相反性」。蓮子の場合は、女の情念と男の理の狭間で揺れ動く心、と言えそう。

女を計り男を計る金一匁
鍋底を洗う女の業洗う
筆太の訴状隠している乳房
約束を男はどう思ってるのだろう

蓮子に流れているのは「いま百花繚乱」の句からもうかがえるが、章のタイトルにある「変身願望」だろう。普通の女性の変身ではなく、分身である川柳への変身のように思える。

あとがきにこうも書いている。

「得体の知れない自分を現実の眼で見据えたり、という行為を連ねて、存在の理由を川柳に求める旅を続けていくだろう」

激痛が走る持病を詠んだ句もある。

尊厳死耳を貸さない点滴壜

間の抜けた神に好かれてばかりいる

ドンマイドンマイ蟹の手足はまた生える

病魔との闘いをこんな視点で詠えるのは川柳にしかないだろうし蓮子ならではないか。句集は平成八年の刊。その十年後の平成十八年二月、東京でなくなった。七十四歳だった。生きていれば九十歳を越えたころ。長寿社会にあっては早すぎる死だった。

長寿天国待合室は浮世風呂

句集の最後のページには辞世の句のように一句だけぽつんと、

空間が少し広がるだけの死よ

柳都賞、川上三太郎賞、相元紋太賞、川柳公論大賞などを受賞している。

天蓋孤独一会の星ヘルビを打つ
ツンツン嘘ぶく乳房が三つどうしよう
藍の浴衣に蛍ふわりと飛び来て止まる
女だと見縊っている唐辛子
風船の軽さに雅号のかろさかな
地図を信じてこんなとこまで来てしまい
（「れんこ」）

悲壮美の句　反戦の句

戸川《とがわ》　幽子《ゆうこ》

こういう人生もあるのかー思わずつぶやいていた。

二児を残して夫に先立たれ、その後は六年もの間、結核と戦い、川柳句集を完成させたその翌月にこの世を去ってしまう。しかも母を七歳で、父は十二歳のときに日露戦で諜報活動中にロシアにつかまって処刑。日本では烈士とされ銅像まで建てられた人だった。

戸川幽子（本名・ユウ）である。和綴じの「新興川柳句集ひらめき」（柳樽寺川柳会）を出版したのが昭和十五年（１９４０）六月一日。亡くなったのは翌月の七月。四十九歳だった。

句集の中ほどに「父を想う」とした句が並んでいる。

志士にされて荒野の下の白い骨
魂のない銅像に涙ぐみ

栄光の断頭台にゆきし父
棺の前吾も吾もとほめたゝえ

亡き父への世評を表面だけだと喝破した句だろう。

父は横川省三。自由民権運動に身を投じたり、新聞記者として日清戦争従軍記を書いて注目を浴びたが、養母・実母・病妻の生活費に追われ「今度こそお前たちを楽にしてやる」と旅立った（この項「君は反戦詩をしっているか」皓星社）という。

エッセー「父を尋ねて」で、「母の体温をちっともしらない自分は、かすかな体温を私の手に残していったばつかりに、父のみがなつかしい。（中略）手も胸もひざも、特別肉厚であった父に、もう一度思ひきり抱かれて幼い夢を見たい」と父への想いを手放しで書いている。

幽子は修道院で育てられたとの資料もあるがはっきりはしない。東京で女学校、専門学校を卒業、教鞭を取ったと言われている。。

烈士とされた父の銅像が生地、盛岡に。東京・麻布の自宅跡は「横川記念公園」となり現在も公園として残っている。

父を処刑したロシアの執行官は革命後、日本に亡命、幽子の姉に最期の模様を伝えている。

句集の序で中島國夫が言っている「悲壮美」の句が多い。昭和八年の句は、

やみふせば心の行手向きをかへ
一輪の花へ重さのありったけ
みにくくもしほれたまんまで生きている
何も彼も見えぬ心の大嵐

國夫は「何故短歌を止めて新川柳にきたのであらうか」と記しているがわからない。幽子に反戦作家、プロレタリア作家との「肩書」がついているけれどそれは昭和十年ごろから。日華事変は十二年に起きている。

柳樽寺川柳会を訪ね加わった。「川柳女性の会」（井上信子、三笠しづ子ら）のメンバーが入れ替わり始めたころだったようだ。句会には子を連れて出席。「川柳人」は左翼的として発禁処分を受けていたので信子が発行した「巻雲」「蒼空」に発表の場を求めていた。

反戦句を挙げてみよう。

憂国の表現機関銃だった
たった今なで斬りにした手美妓をだき

ほんとうの事いふ口が罰せられ
萬歳と莊嚴な聲で神となり
将軍も胸で泣いてる部下の墓
骸骨よりまだ人間で居たい慾
手もなく敗残者への同情

後の鶴彬を思わせる。
プロレタリア作家の目でみると、

いひわけが上手になった鞭の下
村の子を悦ばせているしろいめし
こんな貧しい手からも奪う
打ち切られた疑獄冷汗やっとみる

信子の追悼文が「巻雲」にある。

「性格は父君の血が多分に流れてゐたように思はれるが、日本婦人特有な謙譲はあったけれど、徒らにはにかむとか媚びるとか云ふやうな粉飾は身についてゐなかった気概を持して事に當られていた感がする」

幽子の夫のことにも触れている。「たつた四五日の煩いで御良人が急逝された出来事でした」

残されたのは幽子と二人の女児だった。そしてその後は「六年間は殆んど病院のベッドで過ごされた」（信子）

昭和十四年が句集の最後になる。

遺言が未だに書けぬ未練の手
我が今日の禍福をひめた日がのぼる
何處へとも知れぬ旅路の明日が待ち

子への句を見つけた。

以上とつぎし子へ―と二句（傍点筆者）

一輪の花へ重さのありったけ
もう来ない部屋へ淋しさだけのこし

最終ページの最後の句は、

未完成我が一生は大詰に

二児を残し母としての愛情を注ぐこともかなわず、何もかもが「未完成」のまま生涯を閉じる無念さが読み取れる句である。

読んでおきたい句を挙げておく。

生きんがためのうその眞劍
貞操をふみにじったり求めたり
病むにつけ全快につけ見栄をはり
勲章はないが戦ひぬいて今日
ありありと過去の汚れを描く壁
病む床に我も生きんとする一人

（新興川柳集「ひらめき」）

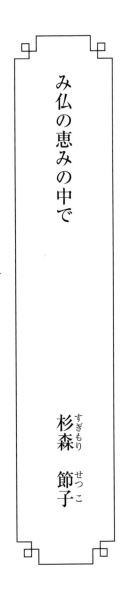

み仏の恵みの中で

杉森《すぎもり》　節子《せつこ》

聖徳太子誕生の地と言われる奈良・明日香の橘寺に杉森節子の句碑が建つ。

み佛のひざのぬくみの中にいる

平成二年三月の建立。節子の句集「節子塚」も同時に出版された。句は彫刻家イサム・ノグチが好んだといわれている宮城県産伊達冠石に彫られている。碑の前で毎年開かれていた「杉本節子を偲ぶ会」はコロナで中断していたが平成五年四月一日に久しぶりに開かれた。桜舞うなか番傘川柳本社から田中新一主幹、片岡加代幹事長らも出席、生前の節子を語り合った。毎年花見会を兼ねた「偲ぶ会」を開き精進料理を味わうのが恒例行事となっている。

節子は昭和十年（１９３５）二月二日、明日香村石舞台に近く、十四層の石塔で知られる蓮花寺の子として生まれた。

袈裟をはずすとダンディーな父だった

明日香に生まれ、佛と身近に生きた節子にとって碑に刻まれた句は身体に沁み込んだ佛への感謝の一念で生まれたような気がする。
「女にしておくのは惜しい」と言われるほど精力的に川柳そして事業に情熱を注いだ人生だった。十数年にわたって、やまと番傘川柳社をリード、会員二百人を越す会に育て、奈良県川柳連盟理事長としても川柳の興隆に力を尽くした。
節子を師と仰ぐ植野美津江は節子の句といえば「碑に刻まれた句です。よく、あんたら若くないんやで、と初心者の指導に当られました。川柳のために並々ならぬ努力をされました」

明日香路の夕べ無口な夏の画布
発掘の明日香の土は謎の色
明日香路の石黒ぐろと謎を秘め

句集の序で、

采女の袖吹きかへす明日香風都を遠みいたずらに吹く　志貴皇子

を挙げ「春の明日香路をよく歩いた。犬養孝教授に従いてぞろぞろと、万葉の歌を朗読する犬養ぶしに酔いしれたこともあった」

万葉学者として知られた犬養の万葉節は、飛鳥で朗々と響いたに違いない。

序文では当時、番傘川柳本社主幹だった礒野いさむも前記の三句を紹介、節子の血には「明日香」が色濃く流れている、と書いている。

岸本水府とも交流のあった博多成光に二十歳代に手ほどきを受けたのが川柳との出会いだった。

結婚した夫は僧侶で教師。夫が山間部へ赴任した時に明日香に残り、友人のツテでタックシールの会社を三十代後半に創立、女性経営者としての苦労も重ねた。

部下を持つ女ひとりのひな祭り

主婦業にもう戻らない爪やすり

やっと冬からはい出してきた手形帳

小企業経営者としての決意と汗がにじみ出ている。

いま会社は一人娘が跡を継ぎ事業を発展させている。それを支えているのは創業時からの仲間で節子亡き後の川柳会も継いだ、やまと番傘会長の阪本高士である。

「川柳の本流をゆく作風。もともと持って生まれた文芸の質があったと思う」と語る。

年代も近かった森中惠美子は句集に一文を寄せている。「女性作品にありがちな男女の屈折も、手練手管もない。川柳のストライクゾーンに投げ込む球はストレートだ」

不器用な男が下げてきたケーキ
二面石表は頼りない男
女人禁制好きな男と土になる

「男と女」の句といえばこれに数句を加えれば済む。こんな句がある。

はちめろが四五人連れて石舞台

「はちめろ」は「ガキ大将」的な存在で節子自身を指している。生家近くの石舞台で女のガキ大将が遊んだ意味だが、幼いころ、兄がいじめられていると相手をやっつけに行った

「女丈夫」だったという逸話めいた話もある。そんな強さと「手八丁、口八丁」（恵美子）が川柳仲間を引き付けたのだろう。

明日香村の近く桜井市の安倍文殊院に番傘の同人物故者を祀る「番傘川柳之碑」が建つ。この碑も節子が探した伊達冠石である。

「オール川柳」（廃刊）平成八年3号の特集《女流二十人集》に、

大の字に土の匂いのまま眠る
風景に残る献体考える
親置いてゆく約束はしていない

を残している。

節子が亡くなったのは令和元年八月十三日だった。八十五歳。逝くには少し早すぎた。いま少し杉森節子の句に触れてみたい。

なすの花少しごう慢ではないか
平凡に白い布きんが干してある
（オール川柳3号）

二重封筒そろそろ恋を知り染める
丁寧に娘をさらう鬼に会う
新緑の病窓に見る挫折感
この壁の向うは女昼を寝る
義理のある招待状外は雨
すぐに泣く単細胞でほっとけず
感情をころし男のエゴを聞く
石舞台昼の疲れの蝉しぐれ

（「節子塚」）

母に置き去りにされ

児玉《こだま》 怡子《よしこ》

怡子（本名）。「よしこ」と読む。喜ぶ、楽しむ、和らぐの意味があるが彼女の人生は名前とはまったく逆な形で始まった。

昭和十二年（１９３７）三月十一日横浜生まれ。三歳で母が出奔、置き去りにされ父に育てられた。

母を詠う句は数十年後に再会した時に詠んだのがあるだけである。父への恋しさ、病のため離れ離れで過ごした時間が多かった娘二人への想いと謝罪の句が句集「縄文記」（昭和60年）を占めている。

川柳を知ったのは十九歳。療養所で最初の一句を創った。ここで伊古田伊太古（「炎天に出てみてみみずそれっきり」の句で知られる）の指導を受け、川上三太郎の「川柳研究」などに投句を始め三十一歳で三太郎選の巻頭句を飾る。

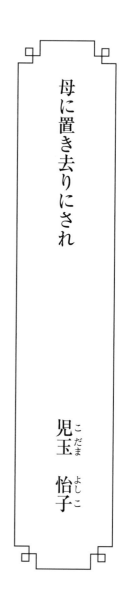

冬の海きびし　あなたとあるわたし

などである。

若くして療養所に入院というのも苛酷だが、さらには夫と別れて娘二人を育てる。しかも胸を病み入院をくり返し一緒に暮らせない時間が長かった。「縄文記」のあとがきは彼女の筆になる「花筏」のタイトルがついている。

要約すると、

「句集は娘への遺書にほかならないと一途に思い続けて参りました。後遺症の高血圧に悩まされながら娘と生き別れをくり返し、母親として一緒に暮らしてやれなかったことは、娘に対して生涯返しきれない借財を背負ったものと思っています」

母に捨てられた経験から、母のいない辛さを知るからこその心情だろう。

第一章「母子残像」は七十六句。

血痰も子の眼に花とうつりしか

なんという句だろう。説明の要もあるまい。

片肺へ童話をつめる母なりし
子と住める　いそいそおろおろとなみ
子が忘れゆきしほおずき噛む夜更け

苦しささえ覚える。

当時、怡子が所属していた「藍」の泉淳夫は、娘への句は彼女としては稚拙すぎると削減を勧めたが「句を削ることは遺言の一行を破り捨てることになる」と拒否した。句集は他に「弥生きぬぎぬ」（平成4年）「土師の泪」（平成11年）。ともに緑の地に怡子の筆による濃い緑の文字。三冊目の「土師の泪」を最後に川柳界から身を引いている。「縄文記」の〈想父恋〉に父を詠んだ句が並ぶ。

夕焼の亡父を見に行く百済まで

代表句で山村祐は作品鑑賞で「滅びの美への思慕。夕陽の中の想いは父へ、さらには百済の歴史まで遡っていく。亡父から受け継いだ血に日本文化に影響を与えた亡命百済人のものが流れている思い」と述べている。

泉淳夫は序文にあたる一文の中で「少女像とも見紛う百済観音の永く曳いた裳裾を浮力

に父に会いに行く。怡子の渾身の句である」。いずれもこの句の「壮大さ」を評価している。
「百済」「梵天」など仏が目立つけれど泉淳夫はこれを怡子の「仏恋い」と言っていた。

街角の風船売りは誰の父
綿菓子をくれるはいまも貧しい父
父恋いの廻れば淡き風ぐるま
羊雲すこし動くと父になる
西行の背に運ばれて亡父がくる

父を恋う句は素直すぎるほど素直である。
対して母を詠んだ句は「弥生きぬぎぬ」の〈悪縁〉の題がつけられている章にある。

きりぎしで覗いた母のたなごころ　〈きりぎし＝断崖〉
母を刺す悲願成就の風船屋
血脈は狐狸よ　狂えるか
悪縁と申さば一に母のこと
ほとぎす親の憂き目は見殺しに

父とは真逆の感情を爆発させている。

今日も別れて痴呆の母を赦せずに
母を見舞うて他人の顔をされながら

怡子は「藍」の同人になっているが、その三十六歳ごろから本格的な川柳活動を始めた。山﨑夫美子の「児玉怡子論」（「新思潮」１３６号）からの引用で描き切れなかった怡子を見てみたい。

――仏の句は、仏と向き合いながら純化している様が句に現れていて親しみを覚える。

梵天の首の後ろにある寒さ
頬杖をして如意輪とみつめあう
首塚を誰が父とよぶきさらぎや

仏への視線ゆえなのか雰囲気も柔らかい。
「縄文記」の中の恋唄は、出色のもの。

月明かり遭えばあなたと旅人どうし

点鬼簿に葉ざくらと書く女あり　〈点鬼簿＝過去帳〉

断絃や　鶴よりかろき影抱きて

かなしみや掌の淡雪を吸われたる

のびやかでつややかな文体にも淋しさが漂い、その作品の中に流れる無情はただの恋唄に留まらせない――

第二句集「弥生きぬぎぬ」のあとがきで、「縄文記」から六年、その間に娘二人は嫁ぎ、怡子さんと呼んでくれる孫もいる昨今ながら……と落ち着いた生活を記している。第三句集「土師の泪」には敦煌を旅した句がある。

飛天恋しや　敦煌の地図開く

バーで働いたり歯科技工士や書道の資格を取るなど生きるためのしたたかさも持っていたことを付け加えておく。平成二十五年十二月八日、七十九歳で亡くなった。

ぎりぎりに身を置いた

園田恵美子《そのだえみこ》

ゴルフ。株。朗読。社交ダンス。料理。カラオケ。そして川柳。一人の女性がほぼ同時期に情熱を傾けた世界である。

園田恵美子。令和五年十一月で九十一歳。いまは老後施設での暮らしと聞く。

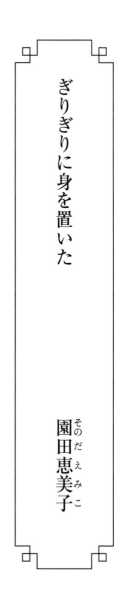

俳句に夢中になっていた恵美子を川柳に向かせたのは、

鉄拳の指を開けば何もなし

川柳噴煙吟社の祖、大嶋濤明の作品に出合ったからだった。二十代の初めだった。すぐ川柳噴煙吟社に入会している。

二十代で川柳に触れたから川柳が一番。「川柳やっているときっといいことありますよ」が口癖だった。その言葉の通り十年後には番傘に入会。五年後に同人、さらに岸本吟一の番傘人間座、そして川柳展望社、郵政川柳人連盟九州ブロック理事と活躍の場が広がった。

昭和五十三年に出版した「園田恵美子川柳集」（展望叢書）に番傘川柳本社主幹だった岸本吟一はこう書いている。

「女としてぎりぎりのところを恐れることなく詠う――園田恵美子さんは、私にはそんな作家にみえる」

愛された日から追われる旅に出る
骨を拾い合う約束へ雪が積む
ゴールなきゴールへおんな燃えつくす

彼女が「引退」したのは平成二十五年ごろ。それまでは番傘川柳本社九州総局長を務め荒尾、大牟田の川柳会をリード、後輩も育てる第一線の作家だった。平成十七年の川柳句集「ひのくに」（番傘川柳本社九州総局事務局）から八面六臂の恵美子を拾ってみる。

ダウは最安値　大根は煮える
踊っている時が私の自然体
活舌でありたい老いた音訳者

「完璧主義。貪欲主義の人」荒尾で指導を受けた松村華菜の恵美子像だ。ゴルフに集中するため郵便局を早期退職し、株で稼いで家を建て二階にダンス専用の部屋を設け、ＮＨＫの話し方教室に通い、目の不自由な人へ音読のボランティア。その結果、

コーヒー色の血の海を吐く　救急車

結婚はしたが病で離婚。恋人はいたようだが独身を通している。

軽く押す離別の印の鮮やかに
子の親になれぬ乳房を褒められる
愛された日から追われる旅に出る

何か駆り立てるものがあったのだろうか。心の一端を垣間見るとすればこれらの句かも知れない。

ゴールなきゴールへおんな燃えつくす

男はもう頼らず女豹となる

長身、細面。わたしは二、三回だけ大会で会ったことがあるが、披講もうまかった。音読のボランティアのことは知らなかったが、透きとおった聞き取りやすい声だった。「ひのくに」の序文で金築雨学は冷静な目で恵美子を紹介している。少し長くなるが彼女の知られざる一面を知ることができる。

「自分ではとてもしっかりしていると思っている。しかしそれはとても怪しいことだ。ゴルフにのぼせ定年を待たず退職してしまった（中略）バブル時代は相当の財をなしたこともあったようだが、結局はすべてを失ってしまった株。この人の性格はとてもとても賭け事に向かない。（中略）自分ではしっかりしているつもりの話が一番面白い」と書き彼女のいくつかの句を散りばめている。

くやしいが金に振り回されている
おだてにもリズムにもまだ乗れるなり

「ひのくに」は最初の句集から二十七年経って出しているが確かに雨学が紹介したような句は「園田恵美子川柳集」にはない。

半回転した向日葵を信じよう
川向こうの悲しみでパンを焦がす
日蝕や指切りのゆび切りおとす

時実新子の展望会員（昭和50年）となって川柳へ高揚した心が読ませたのだろう。
松村華菜に恵美子の句で好きなのをあげてもらった。

母は確かに死んだ固めの御飯炊く

そして色紙でもらった句が、

愛百話どの疵口も美しい

いずれにも『園田恵美子』が生きづいている句だと思う。
「園田恵美子句集」「ひのくに」から今少し拾ってみた。

風当り女表札凛となる
漢はもう頼らず女豹となる
蛇口全開女の憂さのこれほどか
落ちかかった橋を戻ってくる男

（「園田恵美子川柳」）

つらい話を逃がした窓が締まらない
家中にともだちが咲くシクラメン
人間臭い石に腰掛け小半日
男の胸も女の胸も二重底
口の手術してもう一度見たい顔
辿りつく肥後は火の国火を掴む

（「ひのくに」）

落ちていく視力　定規で句を書いた　久田美代子《ひさだみよこ》

不自由な目で川柳を書くために定規を使っていた人がいた。久田美代子である。川柳集「はなあかり」（新葉館出版）を残している。満開の桜は周辺の闇をほのかに明るくする。作者のおかれた環境と姿勢から名付けられたのだろう。三百四十五句。序を書いている川柳展望社主宰の天根夢草が選句にたずさわっている。年代順に編集されているので句集の第一頁は昭和六十一年（１９８６）ごろの句か。

生き甲斐を見つけたらしい母の筆
引っ越し荷捨てたいような本の数
青い鳥の影がよぎってそれっきり

美代子をわたしに印象付けのは平成九年ごろ川柳展望に投句を始めて七年くらいたった

ころの句。

甘えるなヘレン・ケラーを思うとき

ヘレン・ケラーは一歳数カ月で視覚も聴力も言葉も失う盲聾唖となり助けを借りながら大学を卒業、身体の不自由な人たちに力を与えた「三重苦の聖女」と呼ばれた。その人に負けるな、と自らを叱咤した句である。

よれよれの診察券と衣替え
とりあえず家を出たくて駅へ行く
階段があるから欠にするはがき

夢草は「美代子さんの等身大の川柳である。階段がある、会場へ行けない。やむなく欠にする。この川柳には辛いものがある」

なにくそ、とヘラン・ケラーを思う一方で、階段のために「欠」にする現実がある。夫は英文学者で新潟大学教授だった竹一。新潟県詩人会にいた寺井青(川柳展望会員)は新潟日報に書評を書いていた竹一と知り合い、自宅を訪ねることもあったが「妻は目が不自由なので」と美代子が顔を出すことは少なかったという。やがて寺井が川柳新潟文芸社に入り、遅れて五十代だった美代子も入会。その後、緑内障が悪化して視力を失い千葉県佐倉市の子息宅に移った。

竹一は新潟大学退官後も柏崎市の新潟産業大学講師や公民館での活動を続けていたが平成二十九年に亡くなっている。

「市報にいがた」第１２８６号に「文芸にいがた入賞者決まる」の見出しで「文学賞に輝いた人たち　川柳・久田美代子さん」と写真付きで紹介されている。

目を患うまでの句は、

氏神に愚痴をこぼして平和なり
方言を覚えてここが終の土地
いしぶみに駒子の肌のような雪
囀りの庭に夫呼ぶ仲直り

普通に川柳を詠む人だった。

昭和六十年ごろから新聞に投句を始め、全日本川柳協会常任理事を務めた朝妻翠明、文芸社会長池田史郎らの指導を受けた。そして平成三年に夢草が主宰する川柳展望に加わり六年後に正会員になった。そのころから緑内障が悪化、視力が低下していったようだ。「六十歳ごろから視力が落ちてプリントに眼鏡をくっつけて読んでました」(寺井)「まじめな人で三カ月に一回手紙をくれ、目を患ってからは定規を当てて文字を書いてました」(夢草)

薄れていく視力を補った定規。川柳への底知れぬ思いが一字一字にあったに違いない。そのころの句。

家庭用日記と別にある日記

カーテンの隙間に人の気配する

気取られぬように弱っていく体

千葉に転居してからは千葉県視覚障害者福祉協会の川柳クラブに所属している。協会に聞いても美代子の名前を知る人はいなかったが、川柳クラブの名は「でんでん虫」。いまも月に一回十人ほどが集まって句会を開いている。

句集のあとがきにこんなことを書いている。

「寝ても覚めても闇の世界で、心をどこに置いていいのかわからず、心の病が肉体に及び(中略)私には闇が残されていることに気付きました。その闇と仲良くなろう。闇の中にひっそり生きて、耳をかたむけようと思いました」
この心境に至るまでの道程はいかばかりだったか。

ふんばろう見えない物が見えるまで
歩行訓練歩道にへこみばかりある

そして、

眼鏡二こかけると見えるペンの先
角膜にすぐ傷がつく数ページ
眼球を摘出と医師軽く言う

平成九年五月発表の句とある。
「深刻である。ここにも確実に久田美代子さんの等身大の川柳がある」（夢草）
平成二十一年八月、七十九歳で亡くなった。「はなあかり」から等身大の美代子に触れてみよう。

私よりわたしを知っているカルテ
いささかの闘志にバター厚く塗る
不整脈なだめなだめて大根干す
ひっそりとドナーカードを持つ臓器
ふんばろう見えない物が見えるまで
他にどんな生き方があるかたつむり
大上段に構え過ぎかも疲労感
よく出来た嫁を演じている疲れ
高い方のドが出る若さ溢れてる

見た聞いたもんが題材

宮本美致代《みやもとみちよ》

宮本美致代は熊本を代表する作家である。大正十四年（１９２５）九月の生まれ。亡くなる一年前に夫、禮吉と過ごしていた熊本市内の老人ホームで話を聞いた。

代表作として知られるのは、

喪があける一気に鯖の首はねる

ところが「あの句は川柳がようわからん頃の句。目の前の鯖をみて詠んだ句ですたい」熊本弁で笑いながら内情を暴露した。それにしても何という感性だろう。川柳の道に入って数年の者が『鯖の首の美致代さん』になって知れ渡ってしまった。

いまは作句から離れてはいるが句想は湧いてくる。ただ「その裏が詠めんように」なった「当たり前のことを詠んでもおもしろなか」からである。「鯖」と「喪」の取り合わせがそれなのだろう。

昭和六十二年「珍しい名前の人だ」と時の人だった時実新子の話を聞きに福岡へ出かけて話に胸を打たれた。そこで、今は引退している同じ熊本の作家、松田京美と知り合い人柄に魅かれ川柳の道に入って川柳噴煙吟社に加わった。

この後、アサヒグラフ（後に週刊朝日）で始まった「川柳新子座」への投句を始める。そして平成2年の課題「首」で「鯖の首」が入選した。新子評は「唐突な行為に見えるが、こうでもしないことにはけじめがつかないのだ。一気に、というところからすれば喪中にいろいろと嫌なことがあったのだろう。それらも一緒にぶった切った包丁なのである」

美致代の話しとは異なるところで「鯖の首」が声をあげた。いずれにせよ「川柳がようわからんかった」ころの作であることは確か。

悔しくて紙縒百本出来上がる
急がねば愛する人も齢をとる
（26回ＮＨＫ学園川柳大会）

「鯖の首の美致代」が千変万化していった。

新子、京美に次いで大きな影響を受けたのが柿山陽一である。川柳真風（まじ）吟社を設立、若手の作家を集めて川柳の本流を説いていた。教え子たちは今、熊本の川柳界の中核として活躍しているが美致代も十数年間教えを受けている。「陽一先生がご存命なら、熊本の川柳界も変わっていたかも」と言われるほど慕われた存在だった。

禮吉とは見合い。と言っても城下町、新町で隣同士だった。禮吉は父を継いでガラス店を営んでいた。見合いの相手が「新町のよか娘」と聞いていたからびっくりだった。

わたしという一枚の危ないガラス
八粍ガラス切り口青き海の色

「ガラスの句もないと申し訳ないんで」

元気なころは夫婦で句会に出席していた。「婦唱夫随」だった。「おてんばで片方が静か」に禮吉が座っていた。

美致代の句には彼女が好きなサスペンスが顔を出す。「鯖の首」もそうだが、

冷蔵庫のトマトが腐るある事情
おぼろ月人殺すには良い段差
一分前は菜切り包丁だったのに

花の陰おんなやさしゅうおそろしゅう

それでいてこんな句も、

抱き合ってささやいている春キャベツ
花泥棒良心ちょっと留守にする

おんなも顔を出している。

愛憎やこわれやすきは砂糖菓子
普通の主婦で悪の美学も持っている
そして一言性感帯に突き刺さる

題材が幅広い。「見た、聞いたもん全部やりっぱなしですたい」と笑い飛ばしたが新子の川柳大学編「川柳の森」には「川柳は私小説のようなもので、生のままの言葉で真直に仕立てていくとき『生きている』と思います」と書いている。また陽一は美致代の句集「新町四丁目」に寄せた一文で「確かに人間がいて、人間の心で花を、自然を詠んでいる（中略）新子と同時代に生き抜いた女性として、句が重なって見えるのは私だけではないだろう」と語っている。

美致代は俳人でもあった。本名の泰江で発表していたが「俳句より川柳がよか。自由に羽根を伸ばせるけん」

平成三十年九月十四日、九十四歳で亡くなった。

わたしは弔辞で「あっけらかんで、まっすぐなあなたをみんなが愛しています。私はあなたの句、

愛すとは舌をかむほどややこしい

が好きです。不可解な愛をこれほどわかりやすく詠めるのはあなただけです」と語りかけ、弔吟に《今生に鯖一匹を置いていく》と詠んだ。

一人娘は今、母の血を継いで川柳に足を踏み入れている。

煮っころがし時には欲しい意外性

向う岸へ思わぬ人が飛んでいる

砂時計横にする手もあったんだ

セーターをほぐしてしまうもう他人
蛇苺火の舌みせることがある
おぼろ月人を殺すによき段差
（「新町四丁目」）

逢ってきなさいそして別れてきてほしい
一丁目眼科二丁目寒ざくら
ある推理南京豆の殻が散る
紅葉山どこにふれても動悸あり
（「川柳の森」）

川柳塔のお母ちゃん

小出《こいで》　智子《ともこ》

所属吟社の近詠欄に投句した句について選者から「これが活字になったら恥ずかしいでしょ」と電話がかかってくるとしたらどうだろう。

加えて「今日の作品は採れないことはないけれど。二日待ちます」と。

川柳塔社相談役、木本朱夏は小出智子から何度もこんな電話を受けながら成長した、と話す。

智子が「川柳塔のお母ちゃん」「肝っ玉智子さん」と呼ばれ慕われていたのは、こうした母性愛的な姿勢があったからだろう。そして「包容力」と存在そのものが「お母ちゃん」になっていった。

選句の姿勢も「いい句とうまい句は違います」

昭和から平成にかけての数少ない女性作家として全国の大会に選者に招かれ、平成八年（1996）十月、川柳塔社初の女性理事長に就任した。

「川柳の群像」（東野大八）によれば
――「どうしよう、どうしよう」というお便りをうけて「胸のバッジと討ち死にするまでだ」とありホッと一息ついたのを思い出す――

しかし七か月後に病が再発、七十一歳で世を去った。

句集「蕗の薹」（平成元年）を残している。子息に連れられて春の北海道を旅行した時、千歳空港滑走路の両側に蕗の薹が並んでいるのが忘れられなくて黄色の表紙とタイトルにしたものらしい。

序文で西尾栞（当時主幹）は「絢爛豪華でもなく、淡々とした句境は悟り得て尚優美であり、謙虚である」としている。

序文に取り上げられた句を見てみよう。

一日を大切にする水を撒き
座布団の温みを他人だと思う
人形も齢をとらねばさびしかろ
月見草ひとりの湖を持つひとに
虫すだくこの身一つの置きどころ

栞は「智子さんの句柄は新古今に匹敵すると思う」と記しているが優美的、幻想的、絵画的な面で似かよっている。
俳句的なものもある。

晩秋の我が影路を先立てり
草花咲けば山は女を許すかな
寒月にわが身ばかりが貧しけり
草を踏む緋の絨毯にまさりけり

句集を広げて二度三度読んでみて味わいにたどり着く。在阪の文芸評論家で川柳に一家言を持つ木津川計が句集を読んで「あっ」と叫んだ、と聞く。奇をてらいがちな現代の川柳界で詩性に優れ異彩を放っていたからに違いない。今日の句会では、よほどの選者でない限り智子の句は三才や五客には選ばれないかもしれない。

帰ってこない本のことなど思う　秋
お隣りの猫慰めにきてくれる
何を考えているのでしょうか時計

駅前のポストに入れておく手紙
雨の日のお洒落を雨に見てもらう

智子の川柳との出会いは昭和四十二年九月の夜、近所の寺で開かれた「南大阪川柳会」だった。初めは隅っこに座っていたのに、いつの間にか常連になり作句を重ねるようになった。それも亡父が句会日になると「句はできているのか」と心配して後押ししてくれたから、とあとがきに書いている。

それから二十年「一度は川柳をやめようと思ったこともあったけれど、いつの間にか心の中で川柳を詠んでいるのに気付き」川柳に身をゆだねていった。川柳塔同人になり後進の指導に当たるため勝山双葉川柳会を興したりもした。昭和五十四年には路郎賞を受賞した。

こんな逸話がある。「駅に飾ってある生花」を帰りにきちんと整えて帰途についていた」。何事にも「心を尽くす」姿勢が美しい心情からの句を生んだのだと思う。

椙元紋太の「人間の出来ていないものが川柳を作っても、ろくな句しかできない」の言葉を思い出した。

智子が亡くなったのは平成九年六月二十二日。橘高薫風はその日のことを川柳塔８４３号（平成９年８月号）に「六月有事」の中で書いている

「二十二日は番傘川柳本社主幹礒野いさむご夫妻の金婚の祝いの会。宴会に移り乾杯をすませてそっと中座をさせていただいた（中略）祝典から通夜へ、私は板尾岳人君と暗い道を黙々と歩いた。翌日の葬儀でおだやかなお顔を見た。いい処へ行かれる、それだけでよかった」

句集の最後の句は、

人の世に病院があり寺があり

病院と寺。死生観が出ていないか。それまでどう生きるか、智子は問いかけている。

「蕗の薹」からいくつかの句を選んだ。じっくりと読んでいただきたい。

仮の世に生きているのをつい忘れ
気に入らぬ髪で一日落ち着かず
病以後諦めに似てものを縫う
何でも話せるひととと夕べの柿を剥く
砂糖壺の中で惚《ほう》けている私
一冊のノートに風をはらませる

身のうちのランプが少し揺れている
俎板の上でそおっと眼を開ける
ビラを配ると人の心がよく見える
わたくしを疑いもせぬ腕時計
石鹸の泡　幸福は束の間で

「日本の底辺」に生きた

笹本《ささもと》　英子《ひでこ》

「五障三従」

女性には生まれながらにして五つの障り。すなわち梵天王、帝釈天、魔王、転輪聖王、仏身の五つにはなりえない。そして幼い時は親に、結婚すれば夫に、老いては子に従うという意味で、女性差別の仏教に帰来する言葉である。

現代では消えてしまった、と言える言葉だが「伝説の」という枕詞をもつ笹本英子は「三従」の中で、もがき抜いて自立した女性であった。

豊年とさわいでみても五反五畝

島根県安来市広瀬町の旅館冨田山荘（休館）に笹本英子の句碑が立っている。

英子の川柳との関わりは二十歳で大阪砲兵工廠に勤め「番傘」を知ったことからだった。

松江商業を卒業、住友銀行にいた次兄を頼って弟と大阪へ。砲兵工廠で働きながら天王寺中学に通う弟を援助していた。
そのころの句。

思い立つ秋に女の一人旅
子を抱いた男のかたへ席譲る
一枚は撮る必要も婚期なり

「番傘百年史」は一九六四年の項に「九月には伝説の女流作家笹本英子がこの世を去った（中略）島根県の寒村に嫁ぎ、人生の苦難に遭いながらも、三十年間川柳の灯を消さず、克服した」と記している。しかし英子の苦難史は一冊の本で書ききれない壮絶なものであった。

病む人へ稲の穂尺を持ち帰り　〈穂尺＝約三十センチの稲穂の長さ〉
夫病んで男まさりはものさびし
泣けて泣く生きてることに足る日にも
意地強き女へ運のそれていく

「日本の底辺」（溝上康子・未来社）は英子と溝上（当時島根大教授）との文通からその闘いを記録している。

二十七歳で結婚。「縁あって貧しい農家へ嫁ぎました」

嫁いだと言っても後妻。義父母と夫、勝三その子。嫁してすぐ妻を亡くした義弟が二人の子を連れ帰り姿を消した。しばらくして義父は中風に、義母は精神を患い、帰ってきた義弟も夫も精神を侵された。前妻の子と義弟の二人の子、自分の子二人。戦時中のことであった。「泣くに泣けませんでした」と綴っている。義父母はまもなく亡くなり、夫も義弟も癒えたが、その当時詠んだのが前出の句である。

溝上への便りにこんな一節がある。

「生活の記録として、十七文字の川柳にまとめることにしました。かれこれ二十年の月日が立ちました。毎月、自分の作品が活字になって残ってゆくのが、楽しみでございます。山奥に居りますので、めったに句会などに出かける機会に恵まれませんので、作句の視野も至ってせまく、向上することもできませんが、自分の足許を見ているだけでも、面白いものでございます」（原文のママ）

明治四十三年（1910）、鳥取県西伯郡南部町法勝寺に生まれた。父は村会議員などの要職にあって貧しい家ではなかった。祖父が亡くなった後は祖母が家の実権を握っていて母は忍従の暮らしだった。「母には積極的な態度で突き進んで欲しかった」と後年述べているがここにも英子の前向きな性格が読み取れる。

生活が落ち着いたのは夫の病が癒えたころだろうか。

「肉親ばかりの家でも、時に波瀾があり悲しみがあります。まして複雑な家庭においておやです。消しては鎮め、灯してはあたたかくする家庭の主婦は、どんなに世の中が変ろうと、一家の主婦です」（「番傘」昭和三十四年四月号）

英子は祖母の「主義」から小学校で終えているけれども、苦難の時も川柳を詠み、時間を得てからは婦人会、民生委員としても社会に貢献した。

勝三は「日本の底辺」で英子が取り上げられることについて溝上に手紙を書いている。

「御出版物の内容の一人として、英子を取り上げていただきます由（中略）偽らざる姿の儘が写しだされることは大切な事と思います。精神異常等は御懸念なく、御意図の儘にと、私より御答え申し上げて置きます」

勝三の英子への愛と感謝の念が文中に詰まっている。

過去みんな忘れて花の数をよむ

何かよいことがありそな夕焼ける

亡くなったのは五十四歳だった。その年の八月七日七夕の準備を終えた英子は脳卒中で倒れそのまま旅立った。溝上は「英子さんを生かしたのは川柳だった。人生の暗いジャングルの中におちいったときも、英子さんに出口を与えたのである」と英子を偲んだ。番傘は死の一年後、句集「土」を出版して偲んだ。

土に生きわが身わが句に陽があたる

岸本水府は病床にあって書名「土」を揮毫。序文に「日常の苦難の生活から真実の声を綴っていられます。句を通じて英子さんの尊い個性が躍動しているのです」と書き、

一農婦今日も命の土を踏む

を贈った。水府は序文を書き上げ、その二日後に他界している。

詳しくは書かぬその後のふしあわせ
男など頼らぬこころ炭を切る
はきなれたモンペはしまいきれぬもの

嫁ぎ来しその日の姿子に問われ
ものいわぬ土と心の相通じ
とりいれは昨日済ませた雨の音
泣きぬいてひるまぬ心出来ている
耕うん機五反八畝には遠い夢
マスコットのように思い出一つ秘め
いつしかに日焼け泥手もかなしまず
（「土」）

川柳は人間模様の開き直り

桑野《くわの》　晶子《あきこ》

さらさらと夫婦恍惚など話し
しゃれこうべ軋む絶頂感の中
いくさする鏡の中の眉の位置
一握りの髪の重さの地獄かな

――川柳は一筋縄ではゆかない人間模様の開き直りではと思います。女が女の裡なる思いに耳を澄まして開き直る、ことによる魂の奥にひそむ秘密を、自らの手で裁きだす快感を味わっているのかもしれません――

桑野晶子が句集「雪炎」（昭和六十三年）のあとがきに書いている川柳観である。
晶子は大正十四年（１９２５）東京生まれ。五歳のころ姫路に引っ越し二十歳のとき北海道・岩見沢に転居した。川柳との出会いは四十三歳。

家庭環境を札幌の川柳人に調べてもらうと、年下の夫との間に二児を設けたが、夫とは死別。小学校の先生、華道を教えていたそうだが、それ以上はわからなかった。

最初の句集「眉の位置」（昭和五十三年）の第一章には、

くじ運のようにも夫婦に秋深む
夫を待つ余白こんなに栗の皮
啓蟄の夫婦のぬくみ雪のぬくみ
くい込んだ指輪が重い倦怠期

夫婦の微妙な心の動きを詠んだ句が並ぶ。なかでもこの章の最後の句は秀逸である。

終着駅に夫婦茶碗が置いてある

句集の序で札幌川柳社の斎藤大雄はこう書いている。

「晶子さんとの出会いは、昭和四十三年四月、岩見沢柳の芽川柳会の折りであった。斬新な句風は新人離れしており、必ずや川柳界に新風を巻き起こす事であろうことを予期させるものがあった」

大雄の指摘どおりに詩才を開花させ、川柳の芥川賞といわれた川柳Ｚ賞[注]に挑戦、昭和六十三年第６回川柳Ｚ賞を受賞する。

「雪炎」は受賞三十句とそれ以前の応募作など百二十句で構成されている。「眉の位置」の句と比べると吹っ切れたような句がグイッと押し込んでくる。

羊蹄に雪くる画鋲二個の位置

水ぎょうざ黄河の月もこのような

月見草キリマンジャロでも碾《ひ》きますか

葡萄皿その一房の小言念仏

受賞句から拾ってみたが「羊蹄に」は冠雪の羊蹄山の写真を張り付けながら、遠くにある山へ自分を飛翔させている。

「水ぎょうざ」は台所の水ぎょうざの形から一気に黄河の上空までイメージを広げたのだろう。

平川柳は「捘乱女性川柳」で、水ぎょうざの句を取り上げ、

「水ぎょうざ、という日常生活のありふれた言葉に、黄河の月、を幻視する桑野晶子はまさに詩人です。このように〈日常〉と〈非日常〉の綯い交ぜにされた〈夢現〉の世界が、

桑野晶子の川柳世界です」と分析している。

細川不凍は「新思潮136号」で「独自の詩的世界の樹立がみられる。スケールが大きくロマンに富み、気息もおおらかで馥郁《ふくいく》とした詩感に包まれる」としている。

不凍によると晶子の舞台は北海道に留らず「川柳きやり」「川柳公論」「川柳展望」「現代川柳点鐘」「現代川柳新思潮」など関東関西に活躍の場を広げていった。

晶子に大きな影響を与えたのが「現代川柳新思潮」創設者であり詩性川柳のリーダーでもあった片柳哲郎だった。同じ年齢。古典芸能、美術鑑賞といった趣味も一緒だった。六十代半ばから京都、奈良、鎌倉と古寺巡礼を続けている。

朧朧迄さくらいろしてして大和路は
蓑どこかどこかの観自在
半眼は雪曼荼羅のゆきの中
風花や　写楽だったか　あなただったか
古文書とのど飴　柳田国男様

女性川柳家が台所に題材を得ることは多い。だが、晶子の「台所川柳」には川柳的飛躍があって驚かされる。いくつか挙げておこう。

ガスレンジきれいに嘘が焼き上がり
柳葉魚焼く雪の情話がそり返える
結界か筴豌豆のすじを取り
じゃがいもの花と流れて海は臨月
とうきびの歯形一列　落人一列
卵焼き少うしわがままではないか
悪態のいえる茶碗を拭いている
花筏　さんまに春画あるように

不凍は「《川柳という短詩形》のなかで、自分のスタイルを貫いてゆくには、衆におもねることなく、理解してもらえる人がいると信じて書く、姿勢が必要だろう」という。句会で「抜けた」「全没だ」と騒いでいては不可能な姿勢だろう。まして親族や親しい同じ吟社の人の作品を、何のてらいもなく三才や秀句に選ぶ風潮は唾棄に値すると言わざるをえまい。

晶子はこの姿勢を貫き平成二十七年十月十九日九十歳で生涯を閉じた。

いまひとつ「雪」の句を紹介しておく。

山に雪降る　じゅげむじゅげむの乳房にふる
ささめ雪双手に包むじゃがたらおはる
ゆらりと如月　手稲四条の雪食んで

（注）川柳Z賞＝１９８３年、篤志家の協力で杉野草兵が創立。
草兵の死去により２００７年の25回で終了した。

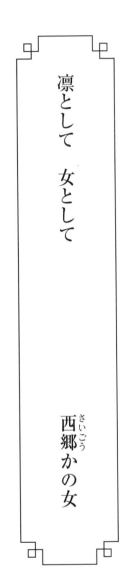

凛として　女として

西郷《さいごう》かの女

曲者をみんな眠らせ咲く牡丹

新潟県十日町市は豪雪の町である。二メートルを越える雪が降る。西郷かの女は昭和三年（１９２８）、十日町で生まれ平成二十六年七月、この町で八十六年の生涯を閉じた。「新思潮」１２８号の巻頭句が最後の作品。

凛として眉あげていますとも
乱れてはならぬならぬと夏木立

体調がすぐれぬ自分への叱咤とも思える句が目を引く。昭和二十八年ごろ川柳を知り川上三太郎に師事。いらい六十数年を川柳と歩んだ。「淡々と、かの女川柳の独自の世界を

拓いてきた、真摯で誠実な作家であった。それ以上に、美しい魂の持主であったように思える」（古谷恭一）

学業で東京に住んだだけで帰郷、水月寺に嫁いだ。

そのころの句だろう。

しきたりの違う鰯を焼いている

花一輪動かしている嫁姑

寺の妻　箒の先の沙羅双樹

最初の句集は「輪廻」（昭和33年）第二句集「凡夫青天」（平成4年）。そして「冬の陽炎」（平成26年）が最後の句集となった。十四、五年前から体調を崩し、入退院を繰り返していた。「冬の陽炎」の最終ページには、

ほのぼのと灯る私の現在地

前ページには、

いのち燃えつきる日の花筏
一片のはなびらとなりさようなら

と「その日」へ到るのを見据えた句をもってきている。

病み臥して合せ鏡を遠ざけり
蝉の一生私の一生風ばかり
墓碑銘はまだ決まらない芒の穂

これらからは、病にありながら川柳を手放さなかった凛とした姿が読み取れる。かの女には「火」「水」の句が目に付く。

水を汲み火をくべ今日を乱れまじ
廊下隔てて水のいのちと火のいのち
火も水も私の橋を渡れない
こっそりと梯子を降りる炎を抱いて

新思潮の矢本大雪は追悼文で「火は、自らの性ゆえに、絶えず対極にある水を思わずにはいられない。水は火を意識しないが、火は水を強く意識する」

「あの端座したかの女さんの内側に燃え盛っていた炎を、さらすことなく、句の中で披歴することだけが彼女の矜持だったのだ。川柳の中でならとても素直になれたのだろう」

と述べている。

一方でこんな句もある。

我儘な花をいっぱい飼いながら

驚くな虫百匹を従えて

行きまする足袋の小鉤ももどかしく

生きて物狂いとならむ乱れ髪

かの女が主宰した十日町川柳研究社代表、松田ていこは「川柳も外見も芸術品だった。そして子どものようなかわいらしい一面もあった」と話す。言い換えると「世離れした女」だったのだが、そこからうかがうことのできない「情熱的な女」がいたのだ。

水月寺前、智泉寺の一角に師・三太郎の句碑「しらゆきが　ふるふる　ふるさとの　さけぞ」が立つ。かの女が十日町の仲間と建立したものだ。三太郎はかの女を「敏感にして暢然」と評したという。

資料を整理していると、かの女が何かに書いていたのをメモしたものがあった。

「多くの川柳人は始めは時事川柳その他の新聞川柳から入門してきた人が多いが、これらの川柳に満足できなくなる。ここで初めて自分の川柳の進むべき道を考える。難解句も三度読んでみると作者の意図するものが大いに解るし、解らなければ感じればよいと思う。読者と作者の想いが違っていても、それでいいのではないか」

「冬の陽炎」のあとがきにこんなことを書いている。

「私に難解句は一句もありません。師・川上三太郎も恩人・片岡哲郎先生も、かの女の句はそのままでいいんだよ、と仰ってくださいました。私の句は私の句、人まねはできません。目立たずひっそりと控えめに句を書いてきたような気が致します」

「私の句は私の句」この言葉を忘れないようにしたいものだ。

句集を贈った人へのあいさつの一節に「この句集に現在の私を重ねています」とある。

そして新思潮の追悼欄に「愛着の一句」として紹介さている句は、

あの星の隣の星になりたくて

かの女の「私の句」を読んでおきたい。

春愁や原始ピカソの女たち
シャガールの赫と歩いている夜明け
羅を纏うて逢いに来ましたか
仮の世や吾が偽りも咲いている
一梳きごとに秋の髪乱れゆく
ヒリヒリと風来てヒリヒリと去る
弟の男が終り　夏椿
通り雨　異郷に一人笛吹いて
見えたよ見えた　冬の陽炎
観世音菩薩と暮れる寺通り

（「冬の陽炎」）

死なぬかぎりは椿守

八木《やぎ》　千代《ちよ》

百歳の誕生日を三か月後に控えた令和五年十月二十一日未明、八木千代は米子市の病院で亡くなった。「ありがとう」が最後の言葉。「椿がコトンと首を落としたような」（遺族）旅立ちだったという。

大正十三年（１９２４）一月二十九日生まれ。「川柳さん」（千代はこう呼んだ）との付き合いは四十歳のころの新聞投句が始まり。川柳歴はざっと六十年にもなった。

この間、川柳塔近詠欄の選者を務め、女性ばかりのグループ「きゃらぼく川柳会」や山陰の作家による「風の会」の会員として、川柳の普及向上に力を尽くしてきた。

十六年前に出版した「川柳句集　椿守」（葉文館）で「清冽な作品」（田口麦彦）と評価され存在感のある作家として知られるようになったが句集は絶版。十二年前に百句を選んだ「椿抄」（あざみエージェント）も在庫ゼロ。それを惜しんだ月波与生が製作費を負担してでもと復刻を企画、木本朱夏、桒原道夫《くわばらみちお》が協力して復刻版「椿守」（満天の星現代叢書2）が令和三年に発行された。

「椿守」の表紙は白。見返しは真っ赤。鮮烈な色が「椿」を印象付ける。

句集最初のページの中央に、

木の机　鳥の匂いがしてならぬ

がひとり迎えてくれる。

川柳塔の主幹で師であった橘高薫風は序文で「この世の因果はすべてこのようである。鳥に貸した木には何となく鳥の匂いが残る」とこの句について書いている。

二人の姉が嫁ぎ末娘の千代が家を継いだ。老いた母の看病に追われ外出もできないときに新聞に投句。その後、鳥取県大会に参加。全句が秀句に。「知事賞かなんかいただいてびっくりでした」。五十代で夫を亡くし、息子夫婦と同居の日々であった。

十年ほど前、米子市の自宅に電話をして話を聞く機会があった。

「どんな句会でも全国大会と同じ気持ちで行きます。人様の句を聞いて感動、有頂天になります」柔らかく、それでいて凛とした声が電話口から返ってきた。「椿」は「母の実家にあったのを忘れられなくて」

「自分の真実、思ったこと、言葉よりも重いものを詠みたい。そして若い感覚に近づきたい」。まだまだと前向きに語っていたが、その後に届いた手紙には「九十六歳になり家の中でも杖がないと歩けなくなりました。体中の細胞が悲鳴を上げています」「熊本地震の直後、二度目の心筋梗塞に。四十日間絶対安静でした」。九十九歳の五月には転んで上腕部を骨折。耳も遠くなりペンも持てなくなり十月から入院していた。

体調をこわしてしばらくは川柳塔近詠句は、そのころ編集長だった朱夏が電話で聞いて書きとっていた。

復刻版解説（朱夏、道夫、与生）を見ながら作品を読んでみよう。

朱夏は「句集を読み終えたとき私の胸にはこの世のものならぬ黄泉の椿が咲いていた」と感想を述べ、

桃の木の向うのひと世ふた世かな
夜明けまで山の向こうに行ってくる

「私は輪廻と転生の思想を感じる」

そして「椿を媒体として彼の世此の世を行き来しながら、月の光で斎戒沐浴をされる」

まだ言えないが蛍の宿はつきとめた
椿くわえて春を銜えて　歩きたし
わたくしの中を通って咲く椿
今はたましいの時間で月の下
潮騒を連れてこの世の月が出る

「八木千代作品のキーワードは『向こう』ではないだろうか」というのは道夫。

夜明けまで山の向こうに行ってくる

「日常と非日常の世界を自由に往き来し、魂を遊ばせるのが特質だと思う」

椿守　死なぬかぎりは椿守

有縁の真ん中に椿が咲いてくれる
境界のところどころに椿の木

「死なぬかぎりは　椿守として生をまっとうしようという気概。有縁は仏・菩薩などに会い教えを聞く機縁。転じて地縁・血縁ととってもよいと思う。椿の木は『こちら』と『向こう』の境界の『ところどころ』に植わっている」

与生も、

椿守　死なぬかぎりは椿守

をあげ「椿は自分のであり姉であり、もう届かないすべての人たちなのだろう。『生きている限り』ではなく『死なぬ限りと』としたところに死生観を感じる」
そして句集「椿守」を必読の書として
「何度読み返してもその時々の自分と対話することになり発見がある（中略）これから川柳を始める人、川柳を書き続けることに迷っている人に是非読み継いでほしい」と熱く述べている。
句集の跋で金築雨学は、

わたくしの中を通って咲く椿
境界のところどころに椿の木

「作品の中で匂ってくるのは、まぎれもなく女である」。そして、

椿守　死なぬかぎりは椿守

をあげ「家の句と思う。家が彼女を離さない」とする。
解説の三人とは違う解釈だが、これも千代川柳の奥深さ、といえるだろう。
句集の最後のページには一句だけ、

椿の忌　いとしい人よ死ぬでない

いま一度、あの声を聞きたかった。

胸底のドラマを詠んだ

早良《さわら》　葉《よう》

内股に歩きこの世に欲を持ち

九州で川柳に親しんでいる者には早良葉が女性作家であることは周知のことだろう。関西が長かった筆者にとって初めは「はて？」と戸惑ってしまった。あの時実新子も「葉さんが女性であり、しかも私とおない年と知ったのはかなり後のことであった」（早良葉川柳集）から、ほっとしたものだ。

本名は樋口千鶴子。昭和四年（１９２９）五月十九日、福岡市の生まれ。早良葉を名乗ったのは昭和四十五年になってからである。

早良とは――。福岡市早良区で地名は残っているが「さわらぐ（乾燥する）」か早良臣に由来するそうだが、なぜ早良を名乗ったかはわからない。

昭和二十六年に胸を病み国立屋形原療養所に入った。川柳との出会いになる。

春の陽へ五尺の病躯さらけ出し
親なれば癒れと婚期にはふれず

二十二歳の女にとって、そのころ不治といわれた病にあって去来したものを詠んでいる。

死ぬものと決めて金魚は値切られる
内股に歩きこの世に欲を持ち
痰壷と花をかかえてお引越し

療養所に入って三年後から保険同人（川上三太郎選）西日本柳壇（岸本水府選）へ投句、二十九年からは「番傘」近詠欄に投句、後に同人となった。

池に石投げ半ドン持て余し
恋知ってから読み返す本があり

当時の句から匂ってくるのは、進む道を探すのに悶々としているいたたまれない空気である。

それから三十年たって出版した句集「早良葉川柳集」（川柳展望新社）の序で時実新子は、葉が川柳に触れ始めた「樋口千鶴子」のころの赤いノートの最初に記した、

ちり紙にのせて金魚の死を認め

父と母どちらもだますのが上手

をあげ「並々ならぬ才能を見せている」と評した。

新子にはこんなことを話している。

「私には三要素がありましてね、二十代はしとやかに、三十代はしなやかに、四十を過ぎたらもう、したたかに生きるしかないと思ってるんですよ。そして叶うことなら、死ぬときは壮絶に死にたいと考えているんです」

三十代の句。

愛淜れてイヌの匂いのする女

焼芋のころがり落ちてまだおんな

花首をチョン忘却のむつかしさ

四十代を過ぎると、

倦怠のはじまる亀を裏返す
女五十くたばりかけて石を蹴り

川柳グループ「せぴあ」の近藤ゆかりは葉に誘われて川柳の道に入った。「二十二、三歳のころ、手紙をいただいて」ゆかりの従姉と葉が知り合いで、結成して間もない「せぴあ」に入会した葉が一人に一人ずつ新人を連れてくる約束を果たすための勧誘の文だった。朝日新聞土曜日の川柳欄に投句をしていたゆかりが標的となった。

句会の帰り喫茶店で一時間余、四十歳を過ぎていた葉から川柳の話を延々と聞かされた。この喫茶店教室は句会後の恒例行事となった。

「形にとらわれず気持ちを言葉にすればいい」が葉の教えであった。

とにかく表に出たがらず福岡市文学賞（昭和56年）も数年間辞退を重ね説得されての受賞だった。句会や大会でも後ろの席に静かに座り、若い者を前へ座らせ、喫茶店教室では饒舌に川柳を語った。

終生、独身だったが川柳は「気持ちを」詠んだものを残している。

鬼を抱くこともあろうが血が熱し
ロマン派のなれの果てにて貝拾う
生きざまの或る日はドブの中に落ち
さくらはらはらわたしも女だった筈
乳房から萎えるおんなに月淡し
乳房かろしビール園からどこへ行く
思想固まりて乳房の重きかな

「胸底に秘めたるドラマの主役は『乳房』。強くも、弱くも、わが乳房なるゆえ、揺れうごく。女にとって、躰・乳房・涙は生な存在ゆえ己の素地は己でまもる。（中略）素地がなまであればあるほど、こと細かな自句自解は刺激的すら感じられそうでためらう。だからわが乳房は十七音字の中にありて、素地の力を発揮出来れば成功だと思う。乳房はわが生き方なのだ。力を込めてうたう」（「現代女流川柳鑑賞事典」田口麦彦編　三省堂）
私が目にすることができた唯一の彼女の文章だが「自句自解」に主張があると見た。

健全な犬の乳房を強く揉む

同じ乳房でも「健康体」への憧憬を詠んだのだろうか。

晩年は聴力が落ち、腰痛にも悩まされ、骨折までして隠遁生活の一人暮らし。長電話が楽しみだった。

世を去ったのは平成三十年六月四日である。八十九歳だった。

わたしいま女の秋を通過中
更年期の坂しなやかにしとやかに
老いの坂のたうつことは避けられぬ
大舟小舟もっとも揺れる舟を待つ
チューリップ一本買ってホイサッサ

大舟小舟、チューリップの二句が句集の最終ページに並んでいる。

宿命を背負って生きた

大石《おおいし》　鶴子《つるこ》

「大石鶴子」。多くの人が知っていると思ったが、意外に知られていないのに驚いた。

転がったところに住みつく石一つ

《人間は自由な意志で行動ができると思っているがそうだろうか。人は自由であるようで結局は生まれ出たところで、転がっている石のように自然に生きていくのだろう》大石鶴子を知らなくてもこの句を知らない人は少ないだろう。第1回全日本川柳大会（昭和25年東京）で日本川柳協会大賞に輝いた句である。

鶴子は明治四十年（１９０７）川柳中興の祖、井上剣花坊と川柳女性の先駆け的存在である信子の五番目の末娘として生まれた。五、六歳のころには川上三太郎や吉川雉子郎（英治）が自宅で川柳談義をしていた環境で育った。兄姉の中で一人「転がったところに住みつく」宿命を背負っていたと言えよう。麟次、鳳吉、亀三、龍子と兄姉の動物のめでたい名前を継いで鶴子と剣花坊に名付けられたという。

実践女学校専門部をでたころ、両親に内緒で作った初めての句は、

ざっくりとほうれん草の青い色

「なかなかいいぞ」と剣花坊が誉めたという。その後、親には内緒で句会に出席していたが、昭和六年に大石泰雄と結婚。三男一女の母となった鶴子が川柳に帰ってきたのは昭和三十三年の信子の死後、子育てが一段落したころからである。

平成五年八月に出版した「川柳句文集」の最初を飾るのは、

ギュッと捻る水道水の決断
父の漕ぐ舟の中なるわが姿

句文集にはないが、

わが血汐騒ぐは亡父の血のわざか

鶴子の決意表明だろう。

剣花坊は柳樽寺川柳会を創立、柳誌「川柳人」を発行。自由・平等・平和、無産派川柳を根っこにした社会主義的リアリズムが基調だった。剣花坊の死後は信子が編集を担当。鶴彬の『手と足をもいだ丸太にしてかへし』を掲載したのは「川柳人」だった。戦中の発禁から戦後に信子が復刊、母の遺志を継ぐように「川柳人」の編集に携わった鶴子は「人と人の肌の触れあいよりは社会に写っているものを詠む」のだと主張している。

清貧の町行く君のちびた下駄　（浅沼稲次郎）
中東の乳房が張って噴く石油
ブラウン管抜け出た武士道ショック　（三島由紀夫割腹）
絶叫の木枯らしを聞く自己批判　（文化大革命）
ロンとヤス核を煮詰めるちゃんちゃんこ

挙げればきりがないが歴史の瞬間をとらえた句は鶴子ならではか。

新しい怒りを今日も新聞紙

清貧の風いっぱいに開く窓
この足で踏んだ歴史の古い疵

鶴子の川柳の背骨に走る信念だろう。

一人減り二人減り戦を話す人

信子が剣花坊を追慕して読んだ「一人去り二人去り仏と二人」をもじった句である。母としての鶴子には子息二人を若くして失った不幸があった。三十三歳の次男がガンで逝き、十八歳の三男を山で失っている。

冬枯れの広野を去って行く柩
アルプスも浅間も白し骨拾う

こうした不幸の中でも三十年間休むことなくボランティアで老人ホームで川柳を指導していた。平成七年には東京都社会福祉大会で当時の青島幸男知事から表彰されている。「社会主義的」と言っても皇室を詠んだ句も残している。

人間天皇再び神に戻られる
ご成婚高天原へつづく道

剣花坊は大正天皇御大典を詠んだ。

咳一つきこえぬ中を天皇旗

明治人の皇室感も「血のわざ」なのか。

鶴子は平成十一年五月、九十二歳の天寿を全うした。

鶴子は、現在も変わらぬ川柳へのもどかしさを句文集の随筆に書き綴っている。いま生きている川柳人への遺言でもある。

――最近私の「戦争と平和を綴じる蝉しぐれ」の一句が、川柳誌でないある誌のコラムに載りましたが、これを見た一般の人は一言の下に〈これは俳句だ〉と言いました。こちらでいくら川柳に詩情を盛ろうとしても、川柳という冠をかぶっていては、一般は川柳をとは見ず俳句の範疇に入れてしまうのでしょう――

「川柳人」は鶴子の指名もあって岩手県奥州市の佐藤岳俊が引き継ぎ、まもなく９８０号を数える。

あっちにもこっちにも弾むおさなご
青嵐の奥に冷えている石の像
身じろぎもせぬ信念の坐りよう
からたちのとげ新しい全学連
算盤をはじき平和を出し惜しみ
霏々と雪冬天徐々に地に落ちる
その時は民、兵区別なく散華
切り売りにふるさと山河身震いす
突き上げる老いの怒りは鶴に居る
明治からしらべは同じ早春譜

（大石鶴子「川柳句文集」）

老いの万華鏡

谷口《たにぐち》　岩子《いわこ》

ふるさとの真正面から陽がのぼる

平成九年（1997）の「オール川柳」（廃刊）特集「無名の一句〜知られざる名句を求めて〜」で壱岐市在住の川柳作家、平田のぼるが紹介した句である。

壱岐は魏志倭人伝に一支国として記され、古くから知られた島。福岡市から80キロ。博多港から高速船で約三十分の距離にある。正しくは長崎県壱岐市である。十九年前に四町が合併、市制を敷いた。

この島に川柳が根を下ろしたのには先の平田のぼるの存在がある。福岡にいた昭和二十三年に「ふあうすと」に投句。翌二十四年、壱岐に転居、旅館を営みながら壱岐川柳社を創設したのに始まる。

岩子の川柳人生は昭和五十四年、当時の郷ノ浦町公民館川柳サークルに娘の吉野緋呂子

（本名・ひろ子）と一緒に出席して始まった。明治四十年（1907）十二月二十八日生まれ。七十二歳であった。「独りで家にいるのがイヤでついてきたんですよ」（緋呂子）

それから五年、彼女の指導をしていた印刷業の松原一楼が岩子の喜寿を祝おうと最初の句集「神楽笛」を限定百部で発行した。

岩子の作品が早くから評価されていた証でもあった。

「毎月の例会も欠かさず出席している中に《川柳は人間を見つめる生活の詩》ということを教えて頂き、そのよさに魅せられ、私の川柳の旅立が始まったのです」（「神楽笛」）

ついてきただけだったのに川柳の良さに引き込まれてしまったのである。

縦糸をゆがめぬ父と少年よ
雲よ来い来いかくれんぼしたいから
夕まぐれやもめ暮しの火も見せず

冒頭の三句である。百句目は、

天寿ならすすきと枯れて悔いはなし

岩子は神社の子として生まれ、後に島では女性初の神職正階証（神職の階位）を授かっている。「神楽笛」もそうしたことからつけられている

ちなみに壱岐は神の島である。川崎市とほぼ同じ面積にざっと千を数える神社がある。離れ島で明治の神社合祀を免れたせいもあるという。

壱岐高等女学校から東京看護婦学校、東京女産女学校を卒業後、昭和十年代は東京で養護教諭として働き、昭和十八年保健婦免状を手にして三十年代には島の保健師として妊婦や幼児の訪問指導に当たった。晩婚だったので子には恵まれなかったが姪にあたる緋呂子が「娘」として世話をしていた。

「句ができると歩いて二十分の一楼さん宅へ添削をしてもらうため、よちよちと、日に何回も通っていました」（緋呂子）

やがて卆寿を迎えるにあたって再び一楼によって句集が企画され発行されたのが「里神楽」（平成八年）。その頭を飾るのが初めに紹介した「ふるさとの……」の句である。

冬海に女の嘘が捨ててある
八月の空を弔う喪の太鼓
百歳の花道百の鈴鳴らす
安楽死仏一途の合唱や

青年の土俵句読点はいらない

「島と老いの単調な生活の中では、鋭い触覚を持っていないと詩は書けないが、平凡な日々に埋没せず、瑞々しい碧いロマンを、川柳老い暦に織り込んでいる」

師であった一楼があとがきである「老いの万華鏡」で岩子の「碧い」感性を書いている。

安楽死なら迷わず逝きますか
いのちの灯消すな消すなと老いの私語

九十九歳五月のある日、調子がおかしい、茶が飲みたいと言って隣に寝る緋呂子の布団にもぐり込んできた。後に脳梗塞とわかり、それからは人の手を借りての生活。百歳を目の前にして旅立った。

葬儀は神式。鎌倉・鶴岡八幡宮にいた縁者の篳篥《ひちりき》、甥の龍笛が奏られた。

句集の題字はいずれも緋呂子の筆になる。

緋呂子は「句集を読むと百歳まで生きるという句が多いでしょう。あの時何かしてあげておけば……」とその日のことを悔やむ。

百歳の花道百の鈴鳴らす
うるわしく老いる一ト日の枯らし味
百までは生きるいのちを探さねば
長寿とは前見てうしろ振り向かぬ

第七代壱岐文化協会長も務めた壱岐川柳会の益川ゆたかは、地元紙のコラムに「その人柄がうむ川柳こそが美しく老いゆく《思念の結晶》となり、老いを凝視する詩を創り出すのであろう（中略）娘の瞳にも母の内面に純粋でおおらな童女の一面が映しだされる」と述べている。

「里神楽」の末尾の句は、

許されて花櫛飾る九十九髪

である。

読んでおきたい句を挙げておこう。

影法師追うはおろかな女坂

刻々と仏に近い実を憂う
花の坂のぼらぬままに鈴が鳴る
八月の沼は河童のロマンとも
（「神楽笛」）

冥土まで橋渡しする舟がない
八十路坂余白に嘘のひとつなし
杯に死なぬ約束なら飲もう
てのひらが消えそうだから縄をなう
（「里神楽」）

「女紋」守り抜いた

田村百合子《たむらゆりこ》

女紋ひとつの愛を守り抜く

赤の布貼りの表紙に金文字で「女紋」と書かれた川柳句集がある。番傘川柳本社九州総局長だった安武九馬の筆になる。

宮崎を拠点に九州で活躍、胃がんを患い五十歳で亡くなった田村百合子を偲んで、百合子の夫、富山祥壺が死の翌年の昭和五十七年（１９８２）七月に刊行した遺句集（発行所・宮崎番傘川柳会）である。

女紋ひとつの愛を守り抜く

自筆の句と遺影が最初のページを飾る。

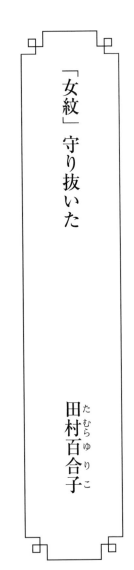

家紋は代々その家に伝わる印。女は嫁ぐと嫁ぎ先の人となるけれど「女紋」は束縛されない女自身の印を指しているのだろう。

「絆」「夫婦」「ずいひつ」「女紋」「ひいふうみい」の章からなっている。

掲載の五百句を読んでいて思ったのは女流作家にありがちなオンナの句が少ないことだ。

さらりさらりと夫を、命を、そして自分を詠んでいる。

子のために生きたを口にせずひとり

心まるうして世渡りを忘れる

この人を妬かせてみたいとも思い

オンナを詠んだのを探してみた。あるには、あったけれども、

血の彩に女はグラス染めて待つ

恋に火をともす芯なら持ち合わせ

乾いた部屋にひとつの愛を捨てきれず

句集の序で岸本吟一は「集中性」に好作家としての特色を見出すと記している。

「〈句集」の前段五十句は父母、中段では妻、夫、夫婦が六十句。そして後段では女が百三十句を越えている。父母に集中し、夫と妻に集中し、女に集中していった実作の態度こそ深層描写を成し得た力となっている」

川柳人として過ごしたのは昭和四十一年春から五十六年秋までの十五年。この間「番傘」「暖竹」「川柳みやばん」「川柳みやざき」。さらに句会や大会のものも合せてざっと三千句。その中から祥壺、宮崎番傘二代目会長本田南柳の二人が選んだ。

編集にあたった南柳は「平凡な主婦、幸福な妻、自己表現のおんなのいくつかの貌を持っているが（中略）〈わたし〉に貫かれた一本の線に全体像が浮かびあがってくるのではないだろうか。本音川柳の激しさと、生来もっているやさしさが同居している」。そして、

台所から翔べぬ自分を知っている

しわひとつふえたふえたと風さわぐ

この二句に百合子の実像がある、としている。

「宮崎県文化年鑑平成元年20周年号」掲載の略歴を参考に生涯をたどってみる。

昭和六年七月三日宮崎・日南市に生まれた。高等小学校を卒業して従兄経営の病院で見習い看護婦として就職。のちに看護婦の資格も取っている。この看護婦の資格が川柳の道

に入るきっかけとなる。

結婚は十八歳。嫁いだ先で今でいうＤＶに合い離婚、宮崎市で看護婦として働いた。そこで入院していた南柳を担当、再婚の相手となった南柳の友人だった祥壺と出会う。二人の指導で川柳を知り昭和四十一年春に「番傘」に初投句。次号では誌友近詠次位。四年後には本社同人に推薦されその翌年の八月号で巻頭作家（平賀紅寿選）となった。

日曜のニュースの中に螢飛ぶ
堕ちてゆく道と解っていて二人
アイライン気にする涙味気なし
恋恋恋女きれいに歳をとり
仕事好き女も好きなベレー帽
何か言いそうな夫へピンク着る

この六句である。もともと勝気で世話好き、それでいてナイーブで臆病な百合子は、結婚でこれまでなめた苦い経験を生かして一回りも二回りも大きくなっていった。

川柳の大会は大阪、京都はもちろん九州各地に出かけ、たくさんの友人をつくった。

胃がんを本人には胃潰瘍と言っていたようだが、本人はわかっていたのではないか。

「川柳みやざき」に連載していた「療養日記」に手術した昭和五十六年四月二日を読んでみる。

――手術着を持った看護婦さんが入ってくる。「よく眠れましたか。今日は絶好の手術日和ね」この一言を聞いて、わたしはびっくりした。これが川柳だ……そこそこに句メモをする。

手術日にユーモアひとつもつナース

こんな日にゆとりをくれるなんて。川柳をやっていてよかった――

退院前日の四月三十日には見舞いに来た川柳作家に、

――「私は気乗りしないように「明日退院です」と言うと胸のポケットから手帳を取り出して、びっくりしたように「明日は、大安じゃが」とまたまた嬉しい言葉をもらう。退院することの不安などいっぺんに吹き飛んでしまった――

夢はもう終わりにしよう女坂
食べて寝て食べて働く日をまとう

退院した年の七月二十九日亡くなった。
祥壺は紋章の上絵師。百合子の姉の息子は現在、宮崎番傘川柳会会長の間瀬田紋章。百合子の血は絶えていない。

面影の浮かばないまま受話器おく
嫁がせてわたしの過去へ幕を引く
回想の隅で乾いたままの父
ビール酌ぎたして夫の今日を聞く
もの言えばこの感激がきえそうな
風ぬるむ夜へ久しく夫婦出る
療養日記いつかわたしの遺書とする
（「女紋」）

終章の美学

田頭《たがしら》　良子《よしこ》

女ばかりの長寿国ではつまらない
いじめ甲斐ある人を待つきゅうりもみ

代表句である。
この句について田辺聖子は「人生あまから川柳」の中で
――『いじめがい』っていうのはいろんなものを含んだ言葉でおもしろいですね――どんな女性がどんな顔をしてどんな男を待っているのだろう。ドラマの幕開きのわくわく感に似た期待感を抱かせる。
亡くなったのは令和元年（２０１９）十一月十三日。八十九歳だった。番傘川柳本社句会部長、初の女性編集長を務め、番傘を代表する女流作家で森中惠美子と並ぶ二枚看板であった。

私にとって良子の第一印象は強烈であった。この人があの田頭良子なのか。川柳を始めてまもないころの句会で披講席から野太い声が飛んできた。私の句が披講され呼名した途端「字ィ違うてるで」「川柳やる資格あらへん。やめなはれ」

怖いオバサンだった。

小学校四年生で良子に見出され番傘誌友から同人、いま全国的に活躍する川柳家となった真島久美子の記憶の最初は「叱られたこと」。怖い人だった。

それでいて平成二十二年十一月二十四日に開いた「田頭良子半寿の会」（半寿＝81歳）には三百九十七名が出席、人柄を偲ばせた。

良子の生涯は肉親との「別れ」にあった、と言っていい。句集「もなみ抄」に「仏縁」のタイトルの小文がある。

「十七歳で父を、十九歳で母を失い長女のわたしは世帯主となる。十二歳から五歳の妹や弟を前に頑張ることを誓う。その妹を三十三年に十八歳で、三十九年に弟を二十四歳で、もう一人の弟を四十三年に三十三歳で見送ることになる（中略）逆縁の弟妹を亡くしたことは自分を幾ら責めても足りない思いである」

「と同時に嘆き切れない思いを、開き直って生きる糧にしてしまったようだ」と文を結んでいる。

大阪・長居のマンションで独居を通した。

背筋ぴんとわたしに父が棲んでいる
遊び好きな人だったけど父が好き

ある本に「父は女性的であれという弁《わきま》えと男性に負けない生活力の原点を教えてくれた」と書いている。その「弁え」と「生活力」が生涯を貫いていたと思えてならない。良子が女性初の番傘編集長になったわけを礒野いさむが明かしている。良子は幹事長だった亀山恭太夫婦、木野由紀子、進藤すぎのらと「風の盆恋唄」の旅に出た。その旅の紀行文、川柳、写真などを参加者に檄を飛ばして集め、記念号を作った。その手腕が亀山幹事長の目にとまったことからだった。編集長時代の句もある。

ブラジャーを外し校了後のわたし
盆の灯が七階というまばたきに

世帯主だった良子が、どんな仕事をして弟妹を育て生きてきたのか、知る人は少ない。愛弟子と言ってもいい西山春日子も中岡千代美もよくは知らない。「松竹芸能関係の、やったかな」またある人は「スナックのママ」と冗談めいて言われたのを記憶している程度。わたしには着物の着こなしが少し玄人めいて見えた。

代表句をあげてみる。

芸妓はんになりたいいうて叱られて
もう少しこうしていたい傘の中
女ばかりの長寿国ではつまらない

こんな句ある。

犯された眠りから覚め春の川
冷たさをなじる女になりはてて
ある痛み乳房の中に秘めておく
腹上死論じる秋の男かな

斎藤大雄のいう「情念句」に含まれていい句である。挙げていくと紙数が尽きてしまうほどの佳句を残した。

怖いオバサン良子にも恋情はあった。

「胡瓜もみ」もそうだが、彼女らしい伝説めいた話を聞いた。

「男を階段から突き落とした」むべなるかな、である。久美子が「彼氏は?」と聞くと「おるわ。いろいろおるわ」と笑い飛ばしていたという。

喉笛を預け一夜をやすらぎぬ

男女の深い愛が「喉笛に預け」させ、

殺すかもその極限に人を恋い

ドスの利いたような声で叱られた記憶がほっと息をつく。

病名ははっきりしないが体調を崩してもう六、七年も自宅に籠って「番傘」に投句する以外は他との接触を断っていた。

死の知らせは親族による葬儀がすんで十日程たってから番傘に届いた。

森中惠美子は追悼文を「番傘」に寄せている。

「番傘の同人を続けている限り、良きにつけ悪しきにつけても強烈な印象をたくさん残してくれた人だった」

川柳仲間にも知らせず逝ったのは「良子さんの美学」（真島美智子）だったのだろう。

忘れられない句を挙げておく。

決め手にはならぬ椿の鈍い音
にょきっと雲あんな形の拒否だった
卒業生の記念樹だけが伸びて過疎
中風封じの箸哀しいが買うてゆく
離れたらあかん他人にすぐされる
抱きついて谷の底まで落ちてやろ
常識を破ってみせる凹レンズ

（「もなみ抄」）

読み手を射抜く句を詠んだ

渡部可奈子《わたなべかなこ》

壮絶な跫音たえてからの夏

苦しい夏の記憶の中から、聞きなれたあの人の跫音が壮絶な音となって蘇る。

いつかこわれる楕円のなかで子を増やす

夫婦の世界は円形ではない。楕円である。いつこわれてもおかしくない中で子への愛に傾斜していく。

小面よ　よよと笑えばほどかれん

小面は若い女を表す能面。うつむきによよと泣く。昔風の女には家がのしかかり解放されることがない。

時実新子が「可奈子は妖精である」と述べた代表句の幾つかである。解説は山村祐（「現代川柳の観賞」）のを借りた。

昭和十三年（１９３８）四国松山生まれ。十八歳で結核を患い、いったん癒えたが二十七歳に再発、療養所に入り川柳と出会う。その後「ふあうすと」「川柳ジャーナル」「縄」などを経て新子の「川柳展望」に。句集「欝金記」を展望叢書から１９５４年に出版。

表紙は薄い欝金色。ウコンは秋に黄色の花をつけるショウガ科の植物。根茎から取った黄色の染料の粉末は香辛料ターメリック。なぜ「欝金記」としたのかわからないが、結核に効くと言われてもおり療養中に知ったのかも知れない。

新子が序文を寄せている以外は三百七句、妖精・可奈子の句が並ぶ。「白哭」「愛翠抄」「後の彩」の三章で、あとがきもない。

「川柳展望」の仲間だった天根夢草は「新子さんは（句を）買っていたけど、私はわかりません」。友人だった新思潮（現・琳琅）の岡田俊介は「難解句のベスト3かも」という。暗喩、比喩が至る所にあって理解の前に立ちはだかるが、読んでいくと感じ取るものがあるから不思議である。

リンゴ丸齧り愛のひもじさに
匂いって何だろうおんなの形而上学
冬の蝉　この泣き虫も殻を脱ぐ

理屈を超えて心で感じ取るべきなのだろう。心理派と呼ぶ人もいるが可奈子は「叶うなら抽象の一句で具象万句を越えたい」という言葉を残している。

忘れてならないのが句集に「水俣図」と記された十句である。この十句で四十九年に河野春三賞を授賞している。

川柳でこれほど深く「水俣」を詠んだ句は稀有である。全句を挙げておく。

弱肉のおぼえ魚の目まばたかぬ
抱かれて子は水銀の冷え一塊
夜な夜なうたい汚染の喉のかならず炎え
覚めて寝て鱗にそだつ流民の紋
つぎわけるコップの悲鳴　父が先
ぬめるは碗か　あらぬいのちが夜を転がる
手から手へ屍はまみれゆくとしても

やわらかき骨享く　いまし苦海の子
天までの月日の価　襤褸で払う
裸者のけむり低かれ　不知火よ低かれ

細川不凍は「他者の痛みを自らの痛みを通してこそ可能になるのだ。水俣の痛みを自分の中の痛みとして感じ取ったのだ」（週刊「川柳時評」）と述べている。

おそらく新聞やテレビで「水俣の痛み」を知ったのだろうが、それを文学的手法で蘇らせ記録した。あらためて川柳の凄さを教えてくれた十句である。詩性川柳だ時事川柳だ、という前に味わってほしい句である。

後に川柳を離れ短歌に走ってしまう。

NHK松山放送局のディレクターだったころ可奈子と交流のあった詩人で文芸評論家、林浩平は、

「確か1995年創刊の短歌同人誌『遊子』に参加されていました。独身で親戚の会社にお勤めでした。小柄な美人で妖艶でハイボールを飲んだ記憶があります」

川柳から短歌へ。なぜ走らざるを得なかったのか。その答えを可奈子は秘めたまま2004年、六十五歳で旅立った。

岡田は「川柳で自分の青春を書きつくしたからではないでしょうか。いろいろの吟社に

所属したのも、根本はさびしかったのでしょう」

付け加えるならば昭和四十六年に川柳ジャーナル年度賞に輝いている。

さらに可奈子らしい句をあげておくがその前に時実新子の可奈子観を読んでおこう。

「可奈子と出会うもののすべてが、射抜かれ、純度を増し、可奈子と一体の世界を具現する。結晶作用と称んでもよい。作品の中の数多い断定が平凡な答えには堕ちず、読み手の身に響くような衝撃を与えるのは、一にこの透明度のせいであろう」

生姜煮る　女の深部ちりちり煮る
くらやみへ異形の鈴はかえりたし
目撃者　蟻の破調をにぎっている
原色の街にニンフの背が透ける
洗濯の渦を見ている不意の奈落
薔薇刑の遠流の地にもくる驟雨
虚空にあって血書は神を見ていない
球根を干す　汚れの日月やわらかに
絵双紙のひとつ目小僧とならば契れ
一ぴきのくさりを胸に火葬場へ

反る乳房　あれは柩になる樹です
目に青葉　快走すべし泥の舟
（「欝金記」）

川柳ではないと言われた盲目の作家

島《しま》　道代《みちよ》

友も無く子も無く老いてかきつばた

このシリーズを本にまとめるにあたって、最も気になっている人がいた。島道代である。

三年ぶりに道代宅に電話を掛けたが「この電話はただいま使われていません」機械的な女声が繰り返し流れるだけだった。思い切って青森市役所市民課に事情を説明した手紙と原稿を添えて問い合わせたが結果は「個人情報ですのでお答えできません」

道代について調べ始めたころ、青森の川柳作家に聞いたときは「風の便りではお亡くなりになったと聞いています」

句集「風の家族」（平成十七年）を上梓したあと川柳界から姿を消してしまったから、そんな「風の便り」が流れたのだろう。

もしかしてと思って奥付の電話番号をプッシュしてみると「もしもし」の声。道代本人が受話器を取っていた。

いまその声を聞こうにも探す術がない。

昭和十年（1935）生まれ。「若々しい美声」と現代川柳新思潮主宰だった片柳哲郎は句集の解説で書いているが、年齢を感じさせない澄んだ声であった。

目の病を知ったのは二十歳の時。網膜色素変性症で将来失明すると告げられた。短大を翌年卒業、盲学校に通いマッサージを習得。三十歳でほぼ失明。病院に勤務するが甲状腺がんを発症して退職している。

川柳との付き合いは平成元年、ラジオの川柳番組への投句から。五年後には高木寄生木の好意で「かもしか川柳社」へテープによる投句を。さらに「川柳新思潮」へもテープで投句、片山哲郎の指導を受けた。哲郎は新思潮掲載句や参考になる作家の句を自ら朗読、テープを送って指導に当たってくれた。哲郎の並々ならぬ努力とそれに答えた道代は平成十二年には川柳Z賞風炎賞を受賞している。

その人がなぜ川柳から姿を消したのか。

「だって句集を読んだ人から、あれは川柳ではない、と言われたからです」と笑った。

「風の家族」の最初の句は、

沖へ漕ぐもつれる髪はそのままに

「私の一番好きな句」と言うように、盲目となった女性が自分の存在する場所を探したい願望を平易な言葉で詩性豊かに詠っている。

颪を待つ枯野を少し飛ぶために
友も無く子も無く老いてかきつばた
この先の暗さを思う花衣

これらの句のどこが「川柳ではない」のだろうか。すでに時実新子や森中惠美子らの女流作家が文学としての川柳を詠んでいた時代に、ことば遊びや笑いを川柳とする輩が道代の才を摘み取ろうとしたのだろう。

哲郎の解説の一部を書き写しておこう。

「或るとき私が書いた島道代作品評をよんだ一読者が、目の障害者だからと言って格別な鑑賞をするのは可笑しい、と言ってきた。しかし盲は厳しいのだ。普段歩き慣れたゴミ集積場までの五十米も一旦雪が降れば縋る杖の五感性は失い、身動きもならず、途中で遭難してしまうのである。

炎は荒れて狂女ばかりの雪の傘
しめやかに雪を降らせて秘する狂

いのちは炎えて荒れて狂女に近い思いで雪の中を彷徨うのだ。読者は沈黙した」

彼女はテープで句を聞いて学んでは投句、指導を受けた。聞くだけで学び己を磨く。健常者の我々の想像を超えた努力だったろう。

哲郎は、

水乞いの行く先々の曼殊沙華
隈のない月こそ妹を哭かしめて
鳥の目も乾きて秋も昏れ急ぐ
杖そろり我が剥落の坂道は

の句をあげて、

「およそ絶望的なこれらの句も、美しさが見えるのは何故だろう。いのちの水を求めて西に東に尋ねて歩いたが、何処へ行っても死に花の彼岸花が真っ赤に咲いて待っていたという。《水乞い》の発想の妖しさも、また少しずつ自分の中のなにかが剥落してゆく世の坂道も、たぐいまれな天与の才を示す」と書いている。

道代の川柳人生は二十年足らずに過ぎないが、多くの指導者に力をもらい天与の才を咲かせた。

一人暮らしだ。

「炊事洗濯掃除、少し見えるので。あっちこっちに頭をぶっつけて瘤を作って暮らしています」

時折訪ねてくる友人との会話を楽しんでいる、と話していたが、どうしているか気になって仕方がない。

ぶらんこの私が眩し舞台裏

華やかな舞台の裏側でひとりぶらんこで揺れている——道代の川柳への別離の句のように思われる。

今もどこかで「風の家族」と一緒にいると信じることにしよう。

じっくりと読んでほしい句を挙げておく。

喉笛や石と転んでゆく地平

摘み草のこの眼裏のぬかる道
炎は荒れて狂女ばかりの雪の傘
うなだれる水仙庇い仁王立ち
絢爛と桜を散らす弔句の列
生まれ日や天地睦て老い急ぐ
穏やかに独楽回りだす桜闇
つぶやきの飛び交う空よたんぽぽ忌
風を着て風を身ごもる花芒
飛び石の片足あげたまま冬に

（「風の家族」）

血の滲む努力と研鑽

飯《いい》尾《お》麻《ま》佐《さ》子《こ》

カントまた枯れた薊をかぎまわる

女性だけの柳誌「魚」（季刊・昭和53年11月）を創刊した飯尾麻佐子（本名・正子、初号・マサ子）は創刊号に「現在女性川柳家の大半が、男性の側によって評価され育成されている。（中略）女でなければ心の深部の起伏までは、わかりえない」と述べている。

また13号には、

「今、川柳界には二つの傾向があります。その一つは、アソビの精神の高揚というのか、たくさんの人を集めて喝采と羨望の中からスターが華麗に登場しております。もう一つは、川柳をコマーシャリズムに乗せることに汲々としている傾向であります」

「『魚』は、これらと少し離れたところで作品活動を行っております。スポットライトも喝采もないところで、血の滲むような努力と研鑽の中から生まれる作品を貴重なものとして掌中に抱いております」

と現在にもつながる批判を堂々と述べ、自分の立つ位置をしっかりと宣言している。

麻佐子は大正十五年（１９２６）一月、根室市生まれ。昭和三十五年札幌に移住、来道した川上三太郎と出会い、後に川柳研究社幹事となっている。亡くなったのは平成二十七年七月、相模原市の自宅。肺炎だった。九十歳。

創刊号の彼女の句をいくつか挙げてみる。

矢をぬいてくれる訪問者のひとり

劇がはじまる手負いの傷は口ごもる

放心の沖で血をみたとは云わぬ

復讐のすきな手袋が降るよ

それぞれの句についての解説は私には重すぎる。しかし、抒情や情念といった感情を詠うのではなく、人間内部世界を捜索をしていたのではないか。従来の伝統川柳にない硬質の詩性を求めたのではないかと推測する。

「魚」はその後、男性も参加するようになって平成七年で終刊。そして翌年「あんぐる」へ引き継がれたがこれも16号で突然終刊。麻佐子の健康状態のためだったらしい。その第

2号にはこうも書いている。

「自分の内部にひとつの世界がなければ、創作はできない。誰にも犯されない領域を持つことである。そのうえで、深層のイメージや時間・空間の影響などへ考えが進んでゆくことは、たのしいことである。やがて、生と死、愛と憎、部分と主体のように相対するものを、別々に見ないで、同時に二つのものを見る眼を持つことも大切になってくる」

「死というとき、同時にその対極が、内部世界の根底になければ、創作などできないのではないか」

麻佐子が「魚」「あんぐる」に次いで創刊した「水脈」の42号に麻佐子追悼を書いた浪越靖政はこの一文を紹介。「麻佐子の姿勢は常に前を向いており自分にも他人にも厳しく、安易な妥協は許さないのである」と述べている。

厳しい問いかけである。川柳への姿勢を、別の世界から問いかけられている気がしてしまう。

死の側をいつしか黒や黄の世界

異界はるばる頭蓋骨は血縁にて

「異界」の句に平川柳は「捜乱女性川柳」の中で次のように解説している。

――「頭蓋骨は血縁」と表現し、現実と異界が隔絶されたものでなく「血縁」にあることに注目しています。この句にはハムレットを彷彿とさせる〈文学性〉があります。特に五幕第一場でハムレットが墓掘りの差し出す「頭蓋骨」を手に取り語る、哲学的な台詞を思い出させます――

生きはぐれ楕円の中に孵るもの
所在なく蛇の思想を売り歩く
もの書きの刃を研ぐ喉のうすあかり
馬一匹を秘め　鏡の裏の平成元年

「アソビの精神の高揚」にいる者にとっても比較的飲み込みやすい句をあげてみた。

何年間、女性だけでの「魚」だったかわからないが、「魚」発刊の昭和五十三年は桑野晶子が「眉の位置」、時実新子は「月の子」を出版。前年の第一回全日本川柳大会で大石鶴子の「転がったとこに住みつく石一つ」が大賞を受賞。「女流」の時代の幕が開いたころであった。

喝采と羨望とに一線を引き「血の滲む思い」で創作している人は稀少だろう。文学性はもちろんのこと哲学的な作品を残した麻佐子は川柳界の純文学者であった、と言っていいのではないか。

放心の沖で血を見たとは云わぬ
日に三度自虐している湾の円
命ひとすじ人形を袈裟ぎりに
瓶の底およぶかぎりを這う意識
北に釜あり冬より早く捨てた耳
天井より紐吊るしている　やさしい魚
（「魚」創刊号より）

ああ　美しい眼の反逆者は見つめ
老人ひとり　ふっと感光　酢の匂い
夕ぐれの鴉一族　なまぐさし
味噌汁に受く暗殺者の帽子
小さな子の墓を子宮にたてて　旅
樹を一本遠巻きにして命乞い
（麻佐子ら三人の句集「小さな池」＝「水脈42号」から）

後指も気にせず　気品も

福島《ふくしま》　銀子《ぎんこ》

深い事情を仏に聞いて貰おうか

吉岡龍城（元全日本川柳協会会長）の「入門教室　川柳みちしるべ」（本阿弥書店）に連作の例として次の五句が載っている。

逢いたいと思いあえない酒五勺
後指なんぞ気にせぬ酒五勺
地獄極楽そのまん中の酒五勺
善人も悪女も演じ酒五勺
ゴメンネの電話待ってる酒五勺

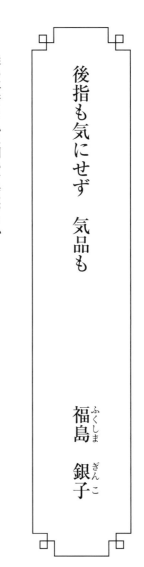

第12回国民文化祭香川大会（平成九年）で、

別れ上手な女で橋を渡らない

香川県教育長賞を受賞した福島銀子（本名ユキ）の句である。これらの句から銀子の生き方を推し測ることができるような気がして冒頭に挙げておいた。

熊本市内の生まれ。父は川柳作家だった銀海。美貌と評判だった銀子は上京して結婚。しかし三度の離婚を経験するという中で、故郷熊本に銀海の川柳の足跡をたどりたくて度々熊本を訪れていた。

昭和五十七年（１９８２）の熊日川柳大会に姿を見せた銀子が座ったのが龍城の前の椅子だった。一句入選。龍城は銀海のことを調べる約束をして別れた。

銀子は「ゆき」の名で俳句を詠んでいた。

まだ川柳界に入る前、龍城は熊本の川柳大会に招待、大会の後「川柳みちしるべ」で川柳と俳句についての対談する相手に選んでいる。

「ゆき」は芭蕉の《松のことは松に習え竹のことは竹に習え》虚子の《写生は俳句の大道なり》などの言葉を挙げ、写生の奥には芸術味とともに人間性が共存することを作者が会得しなければならない。それが俳句のイズムだと思う、と語っている。これを受けて龍城は、そのイズムは川柳にも共通する、と述べ俳句の「切れ字」「文語体」などにも触れ、お互いに俳句、川柳を学び合同句会を開いたりしよう、と対談を結んでいる。

それがきっかけかどうかわからないが、いらい度々来熊。龍城に銀子の名をもらい、ついには大嶋濤明、龍城らが起こした川柳噴煙吟社のメンバーとなった。

住まいは東京でまだ「ゆき」の名で「噴煙」に投句していたころの句がある。400号記念号から拾ってみた。

花の下場所とり男のアルバイト
たしなめのきかない中年花吹雪
花万朶とおい思いの目覚めおり

俳句の匂いたっぷりであった。

六十一年、熊本へ転居「川柳作家福島銀子」が誕生。県民文芸賞、濤明賞などを受賞していく。

セピア色の写真に思い出し笑い
深い事情を仏に聞いて貰おうか

屑籠に捨てた未練をまた拾い

この三句からも「銀子の匂い」がぷんぷんとしてくる。銀子との付き合いが長かった宮本美致代は「ふんえん」での弔辞に

「私の綽名は『極楽とんぼ』よ、と話してくれました。二十年余の思い出は『極楽とんぼ』のとおりうなずくことばかり。電車から降りるのは（目的の駅の）一つか二つ先ばかり」

と書いている。またある人は「大会のある駅を一度ならず二度も乗り過ごした」とも。銀子の一端がうかがえるエピソードである。

句会での銀子は、折り目正しく、気品があって輝いて見えた。また人への気遣いも細やかでやさしかった、とそのころの銀子を知る人はいう。

「続・止まり木」（熊日出版）で龍城は「思い出の人々」の中で銀子を取り上げているが、女性作家は銀子一人である。

「その頃、私は永野琴川さんの句集の編集に掛かっていたが、早速銀子さんに手伝ってもらい、熊日新聞博物館の二階で川柳作品のコピー取りを始めてもらった（中略）県立図書館へも通ったが、銀子さんは『こんなことが好きですから』と楽しそうに手伝っていただいた（中略）『川柳みちしるべ』を刊行した時は、一切の書店交渉を受け持っていただいた」

全面的な信頼寄せていたことがうかがえる。

銀子と龍城の関係にいろいろとうわさが流れたのは仕方がないのかも知れない。お互いの信頼がそういう風に見えたのはごく自然だった、といえよう。

銀子が亡くなったのは平成十六年十二月十六日だった。八十二歳。熊日川柳大会に顔を出して川柳に触れてから二十二年の川柳人生だった。龍城の弔吟は、

この人とまた極楽で出逢いたし

そして「いつも私の座席をとってくれた銀子さん、先輩たちと一緒に蓮の座に私の席を予約していてくれるだろう」と結んでいる。

「思い出の人々」で龍城が挙げている銀子の句をいくつか紹介しておく。

幸せなおんな演じている疲れ
待ちぼうけの駅で女が石になる
深い事情を仏に聞いて貰おうか
ロゼワインポロリと本音盗まれる
いそいそと日を間違えて逢いに行く
齢ひとつ静かに重ね里の初春

茄子の艶秋の夕日をはね返す
わたしと同じ脇役ばかりひねきうり
大根干し女の冬は終わらない

（「続・止まり木」）

駆け抜けた「をんな」　林《はやし》　ふじを

ベッドの絶叫夜のブランコに乗る

――林ふじを、という女流柳人がいた。彼女こそ、おんなの性を赤裸々に詠みあげた最初の女流川柳作家である――

「月刊オール川柳創刊3号」の林ふじを特集ページの書き出しである。

ふじを（本名・和子）の名前を知ったのは、拙書「現代川柳のバイブル名句一〇〇〇」（飯塚書店）をまとめ始めた十年くらい前だった。冒頭の句に出会い、何かで頭を叩かれたほどの衝撃を受けた。

師であった川上三太郎は、男が多数だった川柳界に進出してきた女性に「その作者が女性である以上に〝をんな〟でなければならぬ」（「川上三太郎の川柳と単語抄」）と、女でなければ詠めない句を勧めていた。

子にあたふ乳房にあらず女なり

代表句のひとつと言われる。

昭和元年（１９２６年）生まれ。第二府立高女（現都立竹早高校）を卒業後、軍人と結婚。娘が生まれた。小田原で生活していたが夫の戦死によって彼女の人生は思わぬ転回をすることになる。

娘を子のいなかった義弟夫婦の養女にして、東京・葛飾の実家に帰ったが、母の死。仕事を求めていた彼女を迎え入れたのが川柳作家で印刷所を経営していた男で高女のころ俳句の経験があるならと川柳を勧めた。

彼は「やる気があればできると」日に三十句を作らせ、ふじをも真夜中まで励んでこれに応えた。男は藤の花を連想して「ふじを」の雅号を与えたが、男にも見える号は彼女の「強さ」を意識していたからかもしれない。

その後、川柳研究社の句会に出席するようになり三太郎の指導を受けるようになる。

ひとりだけかばってくれて好きになり

この句が天位となって彼女の川柳熱に火がついた。
二人はそのころから男女の仲になっていた（「途上を生きた人々の系譜」新垣紀子＝神奈川大学評論54）。男には妻子がいた。不倫である。そのせいかなお強く女を詠っている。

もう他人ではない瞳がクスンと笑う
体当たりして距離感を粉砕し
接吻のまゝ窒息がしてみたし
男など路傍の草と踏みにじり

その時代、男が女を詠むことはあっても、これほどあからさまに「をんな」をさらけ出した女性作家はいなかったといっていいだろう。

夜しんしん女の幸のありどころ
一匹の牡たる牡の威に服す
量感をたのしむ黒きみだれ髪

平成二十六年、一五六句を収めた「林ふじを句集川柳　みだれ髪」（復本一郎監修・新

垣紀子編集　プラス出版）が出版された。復本は「監修者として一言」で、ふじをが知人に出したはがきの一節を紹介している。

「私は何時でも、どんなことにも真実をぶつけて行きます。私自身そのために傷ついても、他人をも傷つけたかもしれませんが、私は真実を、誠を貴びます」

そして、時実新子の作品が読者を意識しすぎているのに対して、ふじをは意識してない分だけ自然体であり……と続けている。

新垣がふじをの句それぞれを分析解説した「恋川柳」（はまの出版）によれば昭和三十二年の「川柳研究誌四月号雑詠欄にふじをはこんな句を詠んでいた。

「赤ちゃんがほしい」男をギョッとさせ
何とでも理由はついて小さないのち消え
誰恨むことなし小さな灯が消える
いけにへの命が恋を浄化する

新垣は「これはほぼ日記とみていいと思われる（中略）この時期、ふじをは妊娠、そして中絶を経験したとみて間違いない」としている。

川柳作家としてのデビューは三十歳の昭和三十年。しかし三十三歳になると、ストレスと過労からか胃潰瘍を患い入院、翌年二月十九日に世を去っている。わずか四年間の川柳作家生活だった。

死後、川柳仲間の手でガリ版刷りの「林ふじを句集」が編まれ、平成二十六年の復本一郎、新垣紀子によって「林ふじを句集 川柳 みだれ髪」が出版された。

新垣は「もしかすると、彼女が生きていたのは、この四年間だけだったのかもしれない」と書いているが、句にはどれにも「をんな」が見えている。しかし何がここまでふじをを走らせたのかはわからない。

「乱れ髪」の一句目はデビュー作である、「ひとりだけかばってくれて――」の句。

そして最後の句は、

イエスではない眼あたしにだけわかる

ほかの句をいくつか。

グサグサと突き刺すことばでも酔へる
天地神明に誓ってアリバイの嘘
子の孤独そっと両手であたためる

奥さんと言われて気づく身のまはり
舌端に愉しき悪をころがせる
過去ばかり探る男のつまらなさ
他人ごとのやうに愛撫がうつとうし
口実はなんとしましよう日曜日
機械的愛撫の何と正確な
禁断の木の実はうまし天にのぼる

＊時実新子の「有夫恋」は、ふじをの死後十八年後の昭和六十二年（１９５７）出版。
＊与謝野晶子の「みだれ髪」は鉄幹との愛を詠った句集で発行は明治三十四年（１９０１）。
「清水へ祇園をよぎる桜月夜こよひ逢ふ人みな美しき」などが知られる。

岡山の明星、開放的な句風

片岡《かたおか》ひろ子

俄雨マントの袖へくるまれる

大正期、女性川柳家があちこちで活躍しはじめたころ、岡山県津山で注目をされたのが片山ひろ子である。大正四年（１９１５）ごろ誕生した柳情吟社で手ほどきを受けたのが川柳との出会いだった。三年後に誕生した津山鶴城吟社に夫の陽気坊とともに加わり津山地方における近代川柳史に名を残す存在になっていった。

彼女が師と慕った井上剣花坊の妻、信子は「岡山の明星」として高く評価している。津山は岡山と鳥取を結ぶ中国山地の中央に位置し、交通の要衝として栄えてきた。岡山からだとＪＲ因美線で約一時間の距離にある。

ひろ子は明治二十三年に津山で生まれた。旧姓は斎藤小芳（戸籍）だが、小芳を嫌って終生、弘子で通している。津山という土地にあって、「子」は貴人の婦女子にしか使わなかった風習が残る時代に「子」を付けることで、女の古い殻を脱ぎ捨てようとした意識が伺える。

女もう泣いてばかりの時は過ぎ
家庭から街頭へ目醒める日

津山鶴城吟社が昭和十一年に出版した同人二十四人合同句集「いばらの實」には三年前に亡くなった陽気坊とともに二十五句を発表している。

明るさを水に残して黄昏る、
口紅のカーネーションに似たるかも
麦笛に　はや夕陽は　傾きて

何か色彩を意識した絵画的な句が印象に残る。
井上信子がひろ子に寄せた期待と落胆を綴った一文を読んでみよう。
「大正二年の春には、岡山の二明星のひとりとして、片岡ひろ子氏の新出があった。氏の詩想は多くの女性が持つやうな、センチメンタルな匂いがなく、寧ろ男性にも劣らぬ強みのある。云わば開放的な句風、而もこれまでの女性のやうな一時的の興味からでなく、一個の女流作家として獨歩の位置を占められた。その句はますく〳〵冴えて後には、柳樽寺の一同人となって、活動をつづけられて居た。惜しいことには、大正十五年頃から創作の方は中絶された」（「川柳人２００号記念号」所収「川柳と女性に就いて」）

「二明星」とあったのでいま一人を探したが不明だった。

赤と黒交叉の線の乱れ初め
しっかりと握りしそれも果敢《はか》ない手　〈注〉ルビは筆者
病室で二ァ人ぎりの夜を雨　〈注〉二ァ人＝ふたァり

この三句は句集にはないが、陽気坊が入院して不治の病と知ったころ詠んだと思われる。「交叉の線」は生と死の線だろうか。「果敢ない手」は手をしっかり握っても力ない夫の手。病室で看病していた陽気坊への心情が「夜を雨」に詠いこまれている。

同じころに活躍した三笠しづ子、林ふじをの直情的で赤裸々さを、柔らかく包む「おんな」のしっとりとした詩想は、津山という自然豊かな風土が育んだものだろう。

それからは兎角うつむく人なり
添乳する女房は腮《あご》で返事をし

古川柳で読んだような句だけれどおもしろいではないか。

俄雨マントの袖へくるまれる
喜びを共にする蚊帳のせま過ぎる
ガッチリとした直線の頼もしく

ひろ子の恋情がにじみ出ている句と思って挙げてみた。「俄雨マント」は袖なしのケープのコートで明治初期から戦前まで防寒用として利用された。男のマントに「くるまれる」安堵感と願望が見える。「蚊帳」の句は夫婦だけの蚊帳の中、と見るのは穿ち過ぎか。蚊帳から溢れるくらいの幸せが満ちた、夏の夜なのだろう。

そして「ガッチリとした直線」は陽気坊を詠んだと見る。先に挙げた病室の句にはないうれしさが「頼もしく」にある。

昭和八年五月、陽気坊が亡くなり翌年、師と慕っていた剣花坊が死去。先に母を失っていたひろ子は、川柳界から遠ざかっていった。「氏（ひろ子）の頼母しい作句の復活を待ち望んで」（信子）いたが、以後は小鼓を趣味として昭和五十年九月、八十四歳で生涯を閉じた。ひろ子の「復活」があったなら、今日の女性川柳に違った風を吹き込んでくれたような気がする。

霜天に満ちて蠣船灯をおとし
冬すでに散らす銀杏の葉にひそむ
母と子の寝顔にもぐり込む明り
ハットして聞く男性の息の音
奥様がお可愛さうと焚き付ける
（井上信子「川柳と女性に就いて」）

わが年に愕然として指を折り
さりげなく見せて心の戸を閉ざし
追ひつ追われる人の世の戯曲
嬉しさの頂上人に突き當り
それもよし偽の世の渦なれば
大衆の渦へ象牙の塔を下り
家庭から街頭へ目醒める日
（津山鶴城吟社句集「いばらの實」）

七十九から九十三歳まで川柳に生きた　末田《すえだ》　サダ

我が胸の鬼と佛の数探る

八幡宮の総本社である大分・宇佐神宮に近いＪＲ宇佐駅から車でざっと一時間、国東半島の懐に抱かれるようにして花の寺と知られる長安寺はある。遊歩道にいくつもの短歌、俳句、川柳の句碑が建つ。その中に楷書体で刻まれた碑が目を引く。

教育の原点乳房含ませる

全国川柳大会秀句　御玉　末田サダ

七十九歳で番傘豊後高田川柳会に入り川柳に触れ九十三歳で病に倒れるまで「川柳を生きがい」の毎日を過ごしてきた末田サダの句碑である。

明治四十一年（1908）生まれ。裕福な実家で成績もよかったようである。高等小学校を出て師範学校を希望したが身長が不足、県立高田高等女学校（現高田高校）へ進んだ。高等女学校に進学する人はまれだった。

大正十五年に卒業、名古屋の叔父宅に行ったとき、小さな箱の中から声がするラジオに接して大変驚いた、そんな時代だった。テレビを初めて見た時もびっくりした、と話していたというからスマフォの存在を知ったらどんなだったろう。

二十六歳で結婚、二男一女を生んだ。夫が脳溢血で倒れたのを機に夫婦で老人ホームに入居したが、夫の死後、豊後高田市御玉で一人暮らしを始める。七十八歳の時だった。「十一年間病夫介護の末、他界し空しく過ごしていた時、隈井さん（友人）から『川柳をやってみませんか』とのお誘い」にのって翌年から川柳を知ることになる。楷書の達筆な筆書きの「自選秀吟抄」（平成五年）に川柳との出会いを書いている。

タイトルは「川柳を生甲斐に」とあった。

我が胸の鬼と佛の数探る

その最初に記されている句。掲載紙の選者評も添えられている。「米寿に近い作者の心の余裕と信仰の悟りに敬服する」とあった。

職業は主婦と言う名の忙しさ
初恋の匂いほのぼの沈丁花

川柳を始めた頃の句は、

個性捨てバイオ野菜にある嘆き
釣りキチの亡夫の釣り具まだ捨てず
匙加減上手な嫁で恙なく

七十九歳とは思えぬ「若さ」がところどころに匂う。いらい地元紙大分合同新聞への投句、県下での川柳大会にも足を運んで自分よりも若い指導者に教えを乞い、川柳の世界に身を浸していった。

凡柳師の書からこぼれる人間味
我欲すて真如の月をみるゆとり
残り火に時は金なりなおいとし

川柳をやめたのは軽い脳梗塞にになって老人ホームに入居したからだった。十四年間、八十路に近い齢で始めた川柳への情熱が残された句のここかしこにほとばしっている。

大分合同新聞掲載の句を読者文芸選者だった吉本硯水の選評も合せて見ておこう。

気まぐれに過ごせぬ余命いくばくぞ

〈人生の悟りと気概が長寿の支えに違いない。益々お達者でご活躍のほどを祈りたい＝平5・7〉

子育てに父の一喝欲しい日も

〈母の手一つで子供を養育するには困難が多く、一喝してくれる父が欲しい日もある。母子家庭に共通する切実な願望〉

サダが生きた時代は戦争の時代でもあった。

大阪で同居、働きながら関西大学に通っていた実弟が召集され昭和二十年（１９４５）

三月十七日、二十五歳でレイテ島に散った。

五十年忌九段のみ霊呼び戻し
学徒出陣魂の御楯と散り急ぐ
知るよしもなし玉砕の奮戦記

戦後、不在地主になるので帰省、慣れない農業で苦労をした。八十六歳から長男、洋一と同居、洋一夫婦からの米寿の祝いに一句詠んでいる。

バラ真赤米寿の祝いありがとう

九十四歳で施設に入り百五歳の天寿を全うした。洋一は母の後を継ぐように番傘川柳本社同人となり番傘豊後高田川柳会のリーダーとして活躍していたが病で同人を辞退。現在は母から受け継いだ川柳を生き甲斐に、マイペースで作句を続けている。

昭和六十二年からの秀吟抄を残しているが筆使いには妥協を許さないサダの気性が一字一字に刻まれている。

句碑のある長安寺は末田家の菩提寺でもある。川柳の句碑は彼女を指導した豊後高田川柳会の小川忠正らのも合せて6基。春は石楠花、夏は紫陽花、秋は赤や黄の木の葉に染まる。

洋一に好きな母の句を揚げてもらった。

句碑の句に加えて、

老いてなお温故知新の意地捨てず
あの頃を担いだリュックまだ捨てぬ

サダが残した秀吟抄何句か拾っておこう。

天寿まで余命大事と独楽は舞う
乱気流に耐える翼を母が呉れ
鬼瓦わが家の掟知りつくし
領域を守るボス猿頑といる
子育てに父の一喝欲しい日も
雪月花自然が誘う万歩計
仏の里出で湯湯こんこん慈悲の湯気

満州から青酸カリと帰国

門谷《かどたに》たず子

青酸カリと引き揚げてきた命

金婚記念川柳句集「花ごよみ」を出版（平成五年）した門谷たず子（本名・田鶴子）の人生はこの句から始まった、といっていい。戦後の混乱期を乗り超えた夫婦のエネルギー源だったように思われてならない。

「花ごよみ」を上梓したころのたず子は幸せのてっぺんにいた。満州（中国東北部）から引き揚げてきた夫、義文が設立した「近江屋」は段ボールを中心にした物流システムの会社として順風満帆。三人の子宝に恵まれ、長男は医師に。次男、伸二は夫の後を継いで社長を。長女は歯科医と結ばれ、夫は業界での功績をたたえられ、大阪府知事賞や勲五等瑞宝章を授賞していた。

花道の勲章もよし男たり
大内山の薫風に会う凡夫婦　〈大内山＝禁中。皇居〉
しあわせをこぼさぬように手に受ける
米をとぐ指から流れ出た月日

大正十一年滋賀県日野町、門谷家の一人娘として生まれ、昭和十八年遠縁で幼なじみの義文と結婚。その年に義文は衛生兵として徴用され満州へ。翌年たず子も渡満。そして二十年の終戦。匪賊や侵略者日本人への怒りを抱く一部中国人による強奪、暴行、強姦が相次いだ。女性は断髪、男装しての逃避行だったと聞く。万が一というときにと青酸カリが配られた。

支配者が八路軍（中国共産党軍）、ソ連軍、蒋介石軍（国民党軍）とくるくる変わる混乱のまっただ中だった。「死に直面したことも幾度か」（「花ごよみ」）

そのころ日本人の多くは遼寧省胡蘆島か帰国していった。二年後に「玄海灘で青酸カリを捨て」千円札一枚とリュック一つで帰国。夫婦の本当の闘いは、両親の待つ日野町に身を寄せた日から始まった。

義文は薬種業の免許を取りリュックを背に、たず子も薬の行商を始めた。

命ありリュックと乗った引き揚げ船
負け戦の背なを夕陽が押してくれ

やがて義文は大阪へ出て叔父の家に居候しながら段ボールや包装材の商いを始めた。たず子も大阪へ。

「始末してきばる」――近江商人の血が流れていたのだろう。昭和二十五年、包装資材卸問屋「近江屋」を創業した。その年、たづ子は双子の男児を授かった。急坂でリヤカーを押したりしながら母としての務めも果たした。

主婦として今日の荷をとくしまい風呂

「何もわからずに段ボールで遊んでいました」（伸二）

川柳と出会ったのは昭和五十四年。法事で遠縁の平安川柳社の福永清造にあったのが始まりだった。子育ても一段落、銀婚旅行で北海道を旅したころだった。

精神も肉体も解放され背伸びをしたかった時であった。京都の「川柳京かがみ」に入り吟行を楽しみながら川柳に親しみ、平成になって当時の川柳塔主幹、西尾栞の誘いを受けて川柳塔に参加、後に同人となった。句集にには郡上八幡、唐津などへの吟行の写真がある。メガネをかけ少しほほえんで遠慮がちなたず子がいる。
夫婦の結婚式と金婚式、伸二ら兄妹三組の夫婦、孫七人に囲まれた写真もある。ツンとすましたたず子からシアワセの香りが漂ってくる。

慶びが波紋となってゆく家族

この慶びの中にも「人間たず子」の「息遣いの聞こえる句」（都大路主幹、奥山晴生）がある。

懺悔しに来て山門であう時雨
黒揚羽かるい眩暈の陽の中に
公園の死角でピエロの面をぬぐ
遠花火燃えたい時もある女

さらに《アソビごころ》として晴生は、

雑巾が乾いて妻が翔んでいる

風媒花愛の言葉を聞きもらす
ブランコを漕ぎにときどき輪を抜ける

など数句をあげている。

義文が逝って二年半後の平成十九年三月二十八日吐血、医師の長男洋一に連絡したが間に合わず長女と伸二が乗った救急車の中で息を引き取った。八十四歳。

近江屋創立70周年記念誌には「相談役の門谷田鶴子永眠」があるだけ。リヤカーを押した記載もない。影で支えてきた姿が垣間見えた。

女学校からの友人だった浅野房子がたず子を偲ぶ話を「川柳塔」に書いている。

「クラスメートとの旅行は彼女の段取り。六十歳の時誘われて川柳を始めたが、私があきらめて出句しても何回も何回も推敲されていた。決して手を抜かなかった」

青酸カリが人生の推敲を教えたのかも知れない。

金婚へ苦と楽刻む足の跡

この句は義文の句で句集の最後ページに載っている。

いま少したず子に触れてみよう。

残照を追う旅人の群れにいる
心貧しく墨が斜めに減っている
持ち時間まだ虹の絵を描いている
続編も家族でいたい欠け茶碗
空港の波に微罪を捨てに行く
風呂敷を解くと喜劇がこぼれだす
賢くてやがて哀しい猿の芸
廃船は過去を語らず港の絵
焦ってももう変わりようのない景色
夫の背を楯に追い風向かい風

（「花ごよみ」）

鶴彬の闘いと新子のこころを引き継いで　島村《しまむら》美津子《みつこ》

お出で下さい桜の花の咲く頃に

平成五年三月二十六日、神戸市立婦人会館で島村美津子の代表句を冠にした「桜の花の咲く頃に」川柳大会が開かれていた。参加者はざっと百人。遠く北海道から駆け付けた人もいて、終了後の懇親会も盛会、少しのアルコールを飲んだ笑顔の美津子が囲まれていた。そのとき九十二歳（１９３０年11月30日生まれ）。そばには時実新子の川柳大学時代の柳友が老いた美津子を気づかっていた。

冠となった句は美津子の絵手紙川柳集（２００７年）のタイトルで神戸新聞の選者だった時実新子に選ばれた句である。川柳そのものを大会の名称にした集いは他にはないだろう。

九十歳になったころ電話口で聞いた声は弾んでいた。十四歳上の姉が亡くなるまで姉妹二人暮らしが続いていたが今は神戸に一人で住んでいる。

美津子のことを知ったのは田口麦彦の「現代女流川柳鑑賞事典」（三省堂）だった。

寝た切りが犠牲になって火事消える

「リアルな句である。鶴彬が生きていたらこういう句を詠むであろう」と鑑賞文が載っていた。六十四歳の第一句集「白い鳩」の掲載句である。

反核の署名簿がある花の寺
肉親を捜す中国語が刺さる

そのころは日本共産党の機関紙「赤旗」（現在は「しんぶん赤旗」）の川柳欄選者を務め、大阪城公園にある鶴彬の句碑「暁をいだいて闇にゐる蕾」にちなんだ、あかつき川柳会へも活発に参加していた。句集は他に「花ばさみ」「生きようと」「姉ちゃんは百歳」「われもこう」

「生きようと」とのまえがきで、川柳に触れた過程を述べている。

貼り紙で「川柳募集」を知り「おもしろいな」と思い集いに参加、席題を投句してオブザーバーで来ていた新子の目にとまり「うちへいらっしゃい」。以来、新子に可愛がられ「川柳大学」創立メンバーにもなった。

「島村美津子川柳をなんの花にたとえようかと、わくわく楽しみにしている昨今である」（「白い鳩」序文・新子）と成長に期待を寄せていた。物を書くのが好きで田辺聖子の文学学校に通ったり前衛俳句に触れたりしていた。

田口が「女性の鶴彬」と記したように美津子の句は反戦平和という一本の筋が走っていることは確か。一方で新子が期待した「花」もあちこちに咲かせている。

恋は卒業ぱちんとならすコンパクト
さやさやと少し幸せ少し退屈
選ばれて花の老婆と呼ばれけり

十数年前同じころに寡婦となった姉妹が同じ屋根の下で寝起きを共にするようになったのは自然だったのだろう。「姉ちゃんは百歳」のページを捲ると姉妹が顔を出す。

ちんまりと定まる老いをさびしめり
はじめての険しい道を先に行く姉

「生きようと」は、東北地震、阪神淡路大地震の句から始まる。原発への怒り、地震の実体験が並ぶ。そして表題句ともいえる、

生きようと亡夫のマフラー巻いて出る
もうかなりへこみながらも生きている

など「らしかぬ」句が散らばっている。それを言うと「おとなしくなりましたから」と言ったがとんでもない。後半で、

大衆魚と呼ばれた頃の鯖が好き

と自分の立ち位置を詠い、

もう二度と殺してならぬ鶴彬

としっかりと主張しているのである。

あかつき川柳会へは、最近はほとんど参加していない。年齢もあろうが、「もの足りないのです。最初の頃の会と中身が変わってしまって」

たしかに定例句会のメンバーに鶴彬的でない参加者が増え披講される句にもそうした傾向があるのは時代だろうが美津子には歯がゆさが残る。

三月の桜の花の大会や近況を聞こうと電話をしたが「ただいま留守にしています」の繰り返し。知人を介してわかったことは「老い」のためだった。

美津子の交際範囲は広い、川柳とは無縁のようなアナウンサーらが参加する句会を開催したり、平成四年には神戸の画廊で個展「ささやかな作品展　川柳」を開いた。「題材は『平凡な日常』。色紙など二十点に神戸空襲、阪神淡路大震災の経験を踏まえた死生観がにじむ」（神戸新聞）

「一日に一度、縄跳びを百回から百十回飛んでいます」と自慢げに話した美津子である。百歳を越えて旅立った姉に負けぬよう長生きしてほしい。

戦争をしたがる奴をみとどける

そんな使命が美津子にはある。三年前「集大成となる句集を出版するつもりです」と語った言葉が耳から離れない。

死に近く自分の名前好きになる
もうかなりへこみながらも生きている
行方不明の老女はわたしかも知れぬ
蛇に生まれて地を這うことは生きること
平和とは逢いたい人に生きて逢う

（「生きようと」）

讃

古谷　龍太郎

孤遊さんとは、「葦群」の梅崎流青さん共々ときどき旅を同じくし、酒を酌み交わし柳論に火花を散らすことがある。三人とも徹底的に飲むタイプで楽しく面白い。私は二人に生涯の柳友・酒友としてご交誼願いたいと思っている。

以前、北九州市立美術館で開催された北大路魯山人展で展示されていた魯山人の言葉「私たち日本人にとっては、心あっての形である」・「また一つの事実として、みずから全部を作らなくば自作品と言えぬ」・「芸術そのものが実生活である。また、その実生活そのものが芸術である。作品はこれが実現されたものにすぎない」とあった。今、これらを川柳に置き換えて読んでみると、同じことが言える。本書での個々の作家についての孤遊さんの取材には、靴一足二足を履き潰したであろう印象が強く、記者時代に培った執念みたいなものが窺がえる。また、「男性は頭で考える。女性は子宮で考える」と言う。情念句は女性の独壇場であると思うし、本書でも情念句が咲き乱れている。

山本乱の作品はまさに実生活そのものであり、作品に飾りがない。私も彼女とは何回も一緒に飲む機会かおり、その歯に衣着せぬ論調を痛快に思った一人である。また、彼女の酒豪ぶりも私に負けないものであった。北九州の大会で、帰りの土産に八幡東区にある溝上酒造の代表酒「清夜の吟」をあげたが、帰宅後すぐ「大牟田までの列車の中で同伴者と飲み干したわよ」と電話があった。豪快である。

鍋をゆすって男を煮っころがしにする
箸先で崩す男の論理など

私も煮っころがしにされた一人かもしれない。しかし、その豪快さと共存していたのは、毎朝の夫への野菜ジュースつくりという優しさである。この話は彼女からたびたび聞いた記憶がある。「強くなければ／生きていけない／やさしくなければ／生きる価値がない」レイモンドーチャンドラーの言葉である。

凛と咲くことも少々つらくなる
寝返りを打ってこの世にまた戻る

早すぎた死である。戻って来てほしいひとりである。
園田恵美子とは、私が福岡県川柳協会会長職にあるとき、彼女には副会長としてバックアップしていただいた恩がある。

沢山の趣味を持ち、それぞれの完成度も高かったと聞いている。また、その川柳には実生活を反映し、厳しいものが多くあったと記憶している。

骨を拾い合う約束へ雪が積む
ゴールなきゴールへおんな燃えつくす
風当たり女表札凛となる

など、どの句も凛としているが少し淋しい。

昔、俳句の杉田久女の句会に出席した女流作家が「句会には相当の覚悟を持って臨んだ」と言っている。本書の女流作家たちもそんな覚悟で臨んでいたであろうことが窺える。そうでなければ、飯尾麻佐子のような句は生まれない。

矢を抜いてくれる訪問者のひとり
異界はるばる頭蓋骨は血縁にて

などがあり、女性だけの柳誌「魚」の創刊号の中の言葉「(前略)女でなければ心の深部の起伏までは、わかりえない」と述べているのは、まさに子宮で考えたことばでもあろう。

所在なく蛇の思想を売り歩く

物書きの刃を研ぐ喉のうすあかり

も句作の場を遊びにしなかった彼女の厳しさが見えて、私達に一心不乱を教えてくれている。

また一方で、ウルマンの詩にある「人は信念と共に若く、疑惑と共に老いる。人は自信と共に若く、恐怖と共に老いる。希望ある限り若く、失望と共に老い朽ちる」を生き方として過ごしたであろう人も居て嬉しい。榎田柳葉女はその一人であろうか。

おもいでのいつでもそばにうちのひと

湯呑みだけ九谷が揃う二階借り

仕合わせであるとわが身に云いきかせ

など楽しませてくれる。

最後になったが、病を押しながら本書を上梓してくれた孤遊さんに川柳人の一人として、最大の讃辞を贈るものである。

あとがき

片肺へ童話をつめる母なりし　児玉　怡子
愛百話どの疵口も美しい　園田恵美子
女紋ひとつの愛を守り抜く　田村百合子
泥を吐かせたら男でなくなった　山本　乱
ベッドの絶叫夜のブランコに乗る　林　ふじを

北海道川柳界の発展に力をつくした斎藤大雄は「情念句」（平成四年刊）で女性川柳家の目覚しい進出に触れている。

「これは日本川柳史始まって以来のことで、いままで川柳は男性の文芸であったものが、いつの間にか女性文芸へと変わりつつある」「句も女でなければならない。『おんな』とは何か、の道を進むことである。そうすると女の性を、情念を、業を詠うことができる」

多くの女性作家を見出した川上三太郎も「女性の句はその作者が女性である以上に『を

んな』でなければならぬ」と断じている。

冒頭の一句一句には「おんな」ならではの闘いが詠われているけれど、句の背後に隠れている生きざま、闘いは何だったのか。

「川柳は一筋縄ではゆかない開き直りではと思います。女が女の裡なる思いに耳を澄まして開き直ることによる魂の奥にひそむ秘密を、自らの手でさばきだす快感を味わっているのかもしれません」

桑野晶子が句集「眉の位置」のあとがきで書いている「魂の奥にひそむ秘密」を探りたかったのが執筆のきっかけであった。さらに川柳家だけでなく多くの人に川柳の「何か」を知ってほしくて筆を進めた。

表題の「流花」は造語である。人生の流れに翻弄されながら、立ち向かい、あるいは流される自身を川柳に詠った「おんな」＝花。そんな意味である。

序文にあるようにジェンダーギャップ（男女格差）は一四六ヵ国中の一二五位が日本という現実に出くわす。ところが句会や大会会場を見渡すと半分以上が女性。しかもぐいぐいと川柳界をリードする女性作家は数えきれない。川柳は別世界なのだろうか。

河村露村女が昭和二十四年の番傘三月号に、

目礼をかわす程度で句会行く

の句に添えて「昭和九年、十年ごろの世間では夜の女の外出に理解がなく」と句会でのおずおずとした心境を述べているのを読むと隔世の感である。

「流花」の対象になったのは「おんな」を詠んでいること。その時代の先頭に立った句であること、川柳を生きがいにした作家であること、そして話題性であった。したがって物故作家が多くなってしまった。超有名作家は省かせてもらった。

取材を始めてみると資料を探すのに時間がかかるのには驚いた。句集のいくつかが私家本で国会図書館など公的な図書館に句集が保管されていないのである。ある大学図書館に一冊だけあったが経年のため持ち出し禁止、コピー不可に出くわしたこともあった。

初出は楠の会（福岡）の柳誌「くすのき」１０９号（平成26年4月1日）で１４８号まで連載した。同誌が季刊誌で、あるていど時間をかけて取材ができたのも幸いした。それでも資料探しに疲れ、もう止めようかと思ったこともあったが前会長冨永紗智子さんとその後を継いだ萩原奈津子さんに「好評だから」というおだてに乗っての十年だったのかもしれない。冨永、萩原両氏には「ご叱責感謝」である。

「番傘」にも編集者の要請で「くすのき掲載に加筆」の断わりを入れて令和五年八月号から二十回二十人を再録したし熊本番傘お茶の間川柳会の「壺」にも転載させてもらった。

どの作家も感銘と驚きがあったけれど、とくに印象に残った作家を挙げておく。
露村女は句集「船還るまで」で戦後の混乱期に二児を育てながら夫を待った女の強さを詠っている。

おなかすく遊びの好きな笑い声
生きて逢う親子四人の晩御飯

母として妻としての句を残した。

つけ髪が落ちるから待ってよ愛撫

恕葉は高等小学校を出てすぐ両親によって稼ぎのいい過酷な仕事をさせられたが逃げだし、孤独な人生を送った。女の戦の記録ともいえる句が並ぶ。
無名の人では西岡佳代子だろう。

冠水の畦に苦の道横たわり
一生をドラマにしたい農の道

二十一歳で結婚と同時に北海道・美唄の泥炭の未開地に入植。開拓に汗を流し、泣き、やっと安定した生活になったが関節リウマチとの戦いに苦しんだ人生だった。
時代に翻弄され十四、五歳のころ特高の拷問をうけたのは近藤十四子。

公然の秘密　人間屠×業

後に結婚四女に恵まれ、晩年は川柳を離れている。
戸川幽子は反戦句を残した。日露戦で諜報活動をしていた父は露軍に捕らえられ処刑された。優れた反戦句を残している。

たった今なで斬りにした手美妓を抱き

宮川蓮子は自分に流れている変身願望を詠んだ。

いま百花繚乱いまを狂わねば
鍋底を洗う女の業洗う

川上三太郎賞、相元紋太賞などを受賞している。

明治新川柳の下山京子には驚かされた。資料が少なくわかっている範囲でまとめていたが、つい最近になって京子についての論文があることがわかって稿を改めた。

誰が罪ぞ翼一つに森暮るる

川柳に触れたのは約二年。婦人記者、料亭の女将、女優。転々とした人生だった。どうしても、わからなかった人がいる。「川柳入門―歴史と鑑賞」（尾藤三柳　雄山閣）に載っている。

コーヒー皿の上にある核ボタン　　平塚征子

三柳によれば、昭和五十一年の作で、征子は宮城県岩沼市の裁判所のタイピスト。職業病と言われた頚肩腕症候群のため三十八歳で亡くなっている。柳歴はわずか一年半。調べると国会で共産党の議員が職業病に関連してこの句を紹介、質問したことはわかった。だが宮城県の裁判所で調べてもらったが不明の返事が返って来た。もし彼女の情報を知っている方があれば連絡をお願いしたい。

出版にあたって、木本朱夏氏には序文を、古谷龍太郎氏には讃をお願いしたところ、快く引き受けてもらった。ありがとうの念でいっぱいである。またこの十年間、取材に協力をしていただいた岡田俊介、天根夢草、佐藤岳俊、平川柳、寺井青、徳永勝馬の各氏をはじめ多くの川柳家にお礼を申し上げたい。また北上市の日本現代詩歌文学館には資料の調査、コピーなどひとかたならぬ協力をいただいた。

参考文献は文中に記しているので、改めて列記はしないことにした。また文中の敬称は省略させていただいた。ご了承いただきたい。

出版に当たって数々の身勝手な願いを処理していただいた飯塚書店、飯塚行男氏にお礼を申し上げたい。

この一冊が川柳史の参考になり、多くの人が「魂の奥にあるもの」を読み、川柳への正しい理解を深めてもらえれば、わたしは小躍りするに違いない。

平成六年を迎えた日に

黒川　孤遊

黒川 孤遊（くろかわ こゆう）

1938年6月	熊本市大江にて出生
1945年	大江小学校入学
1962年	同志社大文学部卒。産経新聞社入社
2003年	大阪・枚方「くらわんか番傘川柳会」に入る
2008年	番傘川柳本社同人
2013年	叔母を介護のため帰熊
2014年1月	「現代川柳のバイブル名句一〇〇〇」出版
3月	お茶の間川柳会設立
2018年4月	番傘川柳本社九州総局長
6月	川柳句集「あぶく」出版
	熊日文学賞候補　川柳文学賞準賞
2019年4月	熊本県川柳研究協議会（熊本川柳協会改組）会長
6月	全日本川柳協会常任幹事
2020年9月	第48回熊本県芸術功労者顕彰
2021年3月	日本現代詩歌文学館特別企画展に色紙揮毫
	句は熊本地震を詠んだ「がらがらと平凡が割れ皿が割れ」
2023年8月	番傘川柳本社九州総局長退任
2024年3月	「流花 女性川柳家伝」出版
	熊本番傘お茶の間川柳会10周年記念大会

流花《るか》—女性川柳家伝

2024年4月10日　第1刷発行

著　者　黒川 孤遊
装　幀　山家 由希
発行者　飯塚 行男
発行所　株式会社飯塚書店 http://izbooks.co.jp
〒112-0002 東京都文京区小石川5-16-4
TEL 03-3815-3805　FAX 03-3815-3810
印刷・製本　モリモト印刷株式会社

　ISBN978-4-7522-4019-8　Printed in Japan